SV

Martin Walser, 1927 -

Die Gallistl'sche Krankheit

Suhrkamp

Neuntes bis elftes Tausend 1972
© Suhrkamp Verlag Frankfurt am Main 1972
Alle Rechte vorbehalten
Druck: MZ-Verlagsdruckerei GmbH, Memmingen
Printed in Germany

»Unter Anamnese verstehen wir das – wirkliche oder vermeint-
liche – Wissen des Kranken von seiner Krankheit und ihrer
Entstehung. In dieser Definition liegt eine Erweiterung des
ursprünglichen Begriffes, der sich nur auf die Vergangenheit
bezieht (ἀνάμνησις). Wenn man sich von einer wortgetreuen
Übersetzung frei macht und mit Anamnese etwa Vorgeschichte
meint, so wird auch mit diesem Ausdruck eigentlich nur auf die
Vergangenheit hingewiesen. Der Begriff der Anamnese aber,
so wie er heute sich in der medizinischen Literatur eingebürgert
hat, bezieht sich auf Vergangenes und Gegenwärtiges. Es handelt sich um einen Eigenbericht des Kranken über seine Krankheit.«

Georg Grund/Harald Siems: *Die Anamnese*, Leipzig 1961

1. Mißempfindungen. Krankheitsempfindungen

Ich heiße Josef Georg Gallistl. Meine Vornamen allerdings sind noch völlig ungebraucht. Selbst Mimi sagt an der Tür oder am Telephon: Gallistl ist da, oder: Gallistl ist nicht da.

Ich stopfe mir eine Pfeife, mein Hund schaut mir zu, er hält mich jetzt für einen Surrealisten. Manchmal weiß ich etwas ganz sicher. Ich darf mich nur nicht bewegen. Zum Glück fehlt mir dazu die Lust.

Ich bin überfordert, das ist klar. Ich war immer überfordert. In der Schule mußte ich mit ungeheurer Kaltblütigkeit operieren, um weder meine Mitschüler noch die Lehrer merken zu lassen, daß ich nicht das leistete, was ich zu leisten vorgab. Wenn ich heute meine Zeugnisse anschaue, sehe ich, daß ich nie in Gefahr war, sitzen zu bleiben. Aber damals mußte ich andauernd befürchten, ich würde nicht versetzt werden. Um vor Lehrern und Schülern zu verbergen, daß ich nicht mitkam, setzte ich alle Mittel ein, mich unter den fünf Besten der Klasse zu halten. Solange ich meinen Noten nach zu den fünf Besten der Klasse gehörte, dachte ich, konnte man mich nicht durchfallen lassen. Daß ich in Wirklichkeit nicht zu diesen fünf Besten gehörte, wußte nur ich. Schon aus diesem Grund konnte ich keinen Freund haben. Ich hätte mich eines Nachts an ihn gelehnt und losgeplappert. Irgendwann verkracht man sich mit jedem. Dann hätte er mich verraten müssen. Tatsächlich ist es mir unter schrecklichen Anstrengungen gelungen, mich so vor dem Sitzenbleiben zu bewahren. Nach dem Abitur gelang es mir kaum noch, die Umwelt zu täuschen. Wenn ich es genau nehme, wurde sofort nach der Schule klar, daß ich nicht konnte, was ich zu können vorgab. In der Schule hatte ich mir dann und wann etwas Anerkennung erschwindelt. Jetzt war es damit endgültig Schluß. Ein Versagen folgte auf das andere. Oft wünsche ich, Bahnwärter zu werden. Aber ich habe nie den Mut gefunden, mich zu bewerben. Die Zuverlässigkeit, die vom Bahnwärter verlangt wird. Auch scheue ich die miserable Bezahlung. Ich habe sehr verschiedene Tätigkeiten ausgeübt. Ich wurde immer bescheidener. Jetzt schreibe ich meine Krankengeschichte; obwohl das zum ersten Mal in meinem Leben eine Tätigkeit ist, die mir wirklich liegt, fürchte ich schon, daß ich mir zuviel zugetraut habe. Wahrscheinlich gehört es zu meinem Fall, daß ich zum Schreiben einer Krankengeschichte unfähig bin, und es ist typisch für meinen Fall, daß ich – obwohl ich dazu unfähig bin – der Öffentlichkeit durch diese Aufzeichnung imponieren will. Daß ich mich auf diese Weise veröffentliche, könnte man mir als Exhibitionismus erklären. Aber warum bin ich exhibitionistisch? Mein Krankheitsbild verlangt einen eigenen Namen. Deshalb gebe ich ihm vorerst den meinen. Ich will nämlich meine Krankheit exhibitionieren und nicht mein Geschlechtsteil. Das scheint mir eines eigenen Namens wert zu sein.

Es ist nicht Kopfweh. Es ist, wie wenn man liebt und die Person ist nicht mehr zu haben. Du kriegst sie nicht mehr. Es ist ein Schmerz. Das ist zuviel gesagt. Es ist eben kein Schmerz. Aber auch keine Schmerzlosigkeit. Aber man glaubt nicht, daß man das aushält. Aber man weiß, daß man es aushält. Aber man weiß nicht, wie lang noch.

Ist dieser Tag schön? Sonne, Juli u.s.w. Warum ist dieser Tag nicht schön? Kein Bauchweh, Kopfweh u.s.w. Was hast du? Ein bißchen Bauchweh schon und ein wenig Kopfweh.

Die Atemwende, die Kehre zwischen Ein- und Ausatmen. Das sollte nicht verlangt werden. Ich wende so schwer. Ich atme aus und dann rafft sich nichts mehr auf in mir, was einatmen will. Die Wende ist jedes Mal eine Anstrengung.

Die Zusammenziehung der Haarbalgmuskeln, wenn ich einen für etwas einnehmen will. Überhaupt friert es mich dann. Begeisterung geht bei mir nie ohne Gänsehaut. Jede Erregung führt zu einer abnormen Kontraktion der Hautgefäße. Also verminderte Wärmeabgabe. Fieber. Wie im Fieber.

In meiner Brust koch ich den Teer, schick ihn durch die Äste.

Es ist Juli. Alle frieren. Die Frau prügelt die Kinder durchs Haus. Die Kinder zeigen mir ihre blauen Flekken. Ich will die Flecken nicht sehen. Ich habe wirklich anderes zu tun, mein Gott. Seht ihr denn nicht, daß ich hier sitze und arbeite. Seite um Seite füll ich. Also bitte, ja. Sobald die Frau nicht mehr kann, hockt sie sich an den Eßtisch, fällt über die Tischplatte und wimmert. Die Kinder fangen an, einander zu verprügeln. Die Größeren prügeln die Kleineren.

Beispiele kann man nur Ärzten erzählen, und selbst Ärzten gegenüber ist es sehr riskant, mit Beispielen zu arbeiten. Ich gebe ihnen das Beispiel, sage, zum Beispiel: wenn ich eine Stunde sitze und zum Fenster hinausschaue und glaube, das Straßengeräusch vergessen zu haben, merke ich plötzlich, daß ich dem Straßengeräusch zuhöre, es ist aber nicht mehr draußen, sondern in meinem Kopf, ganz deutlich hör ich in meinem Kopf die Autos fahren, scharf bremsen, Türen zuschlagen, sogar mit etwas Hall, anfahren, auf einander zufahren, und ich weiß ganz genau, wenn die jetzt zusammenfahren, das halte ich nicht aus, trotzdem kann ich nicht aufstehen und das Fenster schließen; sobald es nämlich stiller wäre, würde ich die Sätze von gestern abend wieder hören, auch meine eigenen, und das wäre natürlich noch schlimmer. Während man dem Arzt sowas erzählt, sieht man, wie er im Zuhören förmlich versinkt. Das Beispiel ist selbständig geworden. Er findet auch nachher nicht mehr vom Beispiel zu mir zurück. Auch er selbst, scheint mir, ist durch das Beispiel eher dümmer geworden. Denn so dumm wie jetzt kam er mir vorher nicht vor. Also, Vorsicht mit Beispielen. Obwohl sie bei weitem nicht so verheerend sind wie Geschichten. Eine Geschichte, da kannst du praktisch einpacken. Da hast du so gut wie nichts gesagt, bzw. der andere hat dann eben nicht mehr dich vor sich, sondern die undurchdringliche Geschichte.

Die höchste Intel-ligibili-tät wo's gibt ist in der Früh. Und nachts still im Bett einmal ohne Schmerzen. Hinhuschen möchte man mondsilbrig durch Buschdunkel unds Gras. Und nicht verhaftet werden mirnichtsdirnichts. Wünsche hat man wahnsinnige. Ein Glück, daß man nichts zu sagen hat. Genau das ist das Unglück. Wieviel anders ist das Glück.

Ich sitze und werde müder, immer der gleiche sanfte Schmerz. Und überall. Ich lasse meinen Kopf auf die Tischplatte sinken. Am meisten fürchte ich dann das Telephon. Ich lasse praktisch nur noch den Krimi gelten. Wenn ich fest angestellt wäre, wäre ich wahrscheinlich auch für Kunst. Abteilungsleiter beim Funk, und dann Lyrik, das ist sicher der Gipfel. Ich habe mich jahrelang abgearbeitet. Auch nicht gerade ehrlich. Jetzt leg ich mich übern Ladentisch auf die Zeitungen. Da lieg ich gut. Und träume. So ein Kiosk ist doch was Schönes. Wenn ich ihn bloß schon hätte. Ich will nichts mehr arbeiten. Nur noch verkaufen. Nur noch an Passanten. Nur noch für kleinste Beträge. Also ein Auto möcht ich nicht verkaufen.

Im Mittelstand herrscht wirklich noch Konkurrenz, da kämpft man noch ums Überleben. Andererseits ist der Mittelstand der einzige Bereich dieser Gesellschaft, in dem Lyrik noch möglich ist. Im Proletariat braucht man Epik oder Dramatik. Die Kapitalisten sind vorwiegend der Musik und den Bildern ergeben. Ich bin gegen eine ästhetische Fassung meines Kampfes. Vielleicht kommt das daher, daß mein Überlebenskampf schon die ganze Kraft kostet, also bleibt keine für eine Fassung.

Das ist auch so etwas: ich kann nicht mehr lesen, d. h. ich kann Wort für Wort zwar lesen, aber wenn ich ein Wort gelesen habe und dann das nächste lese, verschwimmt schon das zuerst gelesene Wort, und beim übernächsten habe ich das erste vergessen. So ist es mir nie mehr möglich, ganze Sätze im Kopf zu behalten oder auch nur die Bedeutungen von Sätzen. Es sei denn, es handle sich um Sätze von der Art: Es regnete die ganze Nacht hindurch. Klar, daß ich solche Sätze jetzt liebe. Ich höre sofort, wie es regnet. Die ganze Nacht hindurch höre ich zu. Erst gegen Morgen lese ich dann weiter. Und zum Glück heißt der nächste Satz: Ein grauer Tag begann.

Es geht nur darum, alles in ein paar Sätzen zu sagen. Alle versuchen es. Bevor man sich in der Wut selber den Kopf am Heizungskörper zerschlägt, sollte man sein Leben ändern, das heißt: einen praktischen Beruf ergreifen. Wenn man einen Hammer in der Hand hätte, käme man auf andere Gedanken. Überhaupt nichts in der Hand zu haben, ist unangenehm. Wenn man überlegt, was man im Kopf hat, muß man gähnen, bekommt feuchte Augen, reibt sie trocken, dann kann man weiter an das denken, was man im Kopf hat; sehr rasch muß man wieder gähnen, bekommt feuchte Augen, reibt sie trocken, dann denkt man weiter.

Ich arbeite nicht mehr. Nichts mehr. Nach dem Frühstück kann ich schon nicht mehr. Ich bin gleich so müde. Ich würde mich am liebsten hinlegen, aber das wage ich nicht. Meine Frau. Und überhaupt. Also sitz ich an einer Art Schreibtisch und schreibe: ich arbeite nicht mehr. Wer mich beobachtet, muß glauben, ich arbeite. Manchmal sinkt mir der Kopf fast auf die Tischplatte. Es tut weh, ihn wieder zu heben. Und mit letzter Kraft schreibe ich gleich wieder: ich arbeite nicht mehr. Nichts mehr.

Ich wache morgens auf und kann mich nicht rühren, obwohl mich das Liegen schmerzt. Mich interessiert nichts. Allenfalls, ob endlich eine lokalisierbare motorische Störung festzustellen ist. Das ist nicht der Fall. Ich muß aufstehen.

Invalidität. Ich will niemanden beleidigen, aber ich halte mich für invalid. Ob ich ein Simulant bin? Vielleicht, ohne es zu wissen. Auf jeden Fall gibt es keine Arbeit mehr, die ich mir zutraue. Einer neuen Arbeitsstelle sähe ich entgegen wie dem Gefängnis. Wenn es in Gefängniszellen weniger stinken würde, würde ich der Zukunft ruhiger entgegensehen. Sobald ich gestehe, daß ich ein Schwindler bin, spüre ich, daß viele zusammen mit mir dieses Geständnis ablegen sollten; solange ich allein gestehe, tu' ich mir Unrecht. Es kommt mir vor, als sei der Tatbestand in der Klassenzugehörigkeit enthalten. Möglich, ich bin einer der schlimmsten Schwindler innerhalb meiner Klasse. Aber ich bin doch nur die Spitze eines Eisbergs. Aber eben doch die Spitze. Wenn ich könnte, würde ich mich absäbeln. Auch wenn ich weiß, daß ich solche Wünsche nur habe, weil ich sie mir nicht erfülle, wage ich, sie zu erwähnen. Non plus ultra, hallo Fräulein, bitte zahlen, es donnert, Fräulein, ich müßte längst weg sein, was macht's.

»Der internationale Kongreß des PEN-Clubs, der im Juli in London zusammentrat, untersuchte unter anderem den Einfluß von Film, Rundfunk und Fernsehen auf die literarische Gegenwartsentwicklung.« – »Der berühmte Burgtheaterdirektor Laube hat einmal gesagt: Kein Intendant sollte länger als 10 Jahre ein Theater leiten. Und er hatte recht. Die Spielplanmöglichkeiten sind in solch langem Zeitraum so gut wie erschöpft.« – »Wie weit entfernt scheint doch die Glückseligkeit der intrauterinen und der Säuglingsexistenz von den Erschöpfungszuständen, den affektiven Regressionstendenzen, der Langeweile, den Sehnsüchten und der existenziellen Entleerung des müden Menschen von heute.« – »Die Zukunft hat Märchencharakter angenommen: auch bei Becher.« – »Jeder Mensch erfindet sich früher oder später eine Geschichte, die er, oft unter gewaltigen Opfern, für sein Leben hält.« – »Trotzdem ist jede Geschichte, meine ich, eine Erfindung.« – »Cicero arbeitete in seiner Rede gegen Catilina gleichfalls mit der doppelten Optik.« – »Jedes Wort in jeder Zeile ist vieldeutig gehalten, meint jeweils Innenwelt und

Außenwelt.« – »Einheit im Mannigfaltigen nämlich ist die Formel, mit der man seit urdenklichen Zeiten das Geheimnis des Schönen oder, wie wir heute behutsamer sagen würden, des künstlerischen Phänomens zu erfassen versuchte.« – »Wir haben uns damit gegen den Übergriff der Psychologie verwahrt, sind aber in dem Problem, das uns beschäftigt, noch nicht viel weiter gekommen.« – »Um diese Frage zu entscheiden, wurden Bienen in Kellerräumen ohne Sonnenlicht aufgezogen.« – »Ich glaube, wir Künstler müssen von Zeit zu Zeit das Milieu wechseln und uns vor neue Probleme gestellt sehen, wenn wir für unsere Aufgaben frisch bleiben wollen.« – »Allerdings sind in der Ermüdungsforschung noch zahlreiche Probleme ungelöst und viele, besonders was die Ermüdungstheorien betrifft, für eine wissenschaftliche Behandlung kaum spruchreif.« – »Es ist sinnlos, das Ressentiment des erschöpften Arbeiters auf den Ödipus-Komplex zurückführen zu wollen.«

Ich möchte, daß es mir besser geht als den anderen. Ich möchte mich drücken vor der normalen Last. Ich möchte fein heraus sein. Man hält ja was aus. Aber ich möchte nichts aushalten müssen.

Außer Dankbarkeit kann ich nichts mehr empfinden; Dankbarkeit allerdings in einem ungeheuren Ausmaß.

Es gibt Menschen, die diese Leidenschaft der Selbstliebe in starkem Maße kultiviert haben, aber sie wahren das Geheimnis, das sie mit sich teilen, aufs strengste und verbergen es vor der ganzen übrigen Welt: Jonathan Swift.

Soll er sich heiraten: Jonathan Swift.

Ich weiß, was ich verschweige. Ich weiß nicht mehr, was ich verschweige. Ich möchte wissen, was ich verschweige. Ich möchte nicht mehr wissen, was ich verschweige.

2. Symbiose

Mit A. ist schon mal nichts anzufangen. Er muß nicht arbeiten, also sieht er alles ganz anders als wir. Ich arbeite fast nichts. Aber ich müßte arbeiten. Deshalb glaube ich A. kein Wort. Wenn er lacht, heißt das überhaupt nichts. Er will jetzt ein Buch schreiben und so beweisen, daß einer einem anderen kein Haus mehr bauen könne. A. ist Architekt. Er will das Ende der Architektur verkünden. Er will die bisherige Architektenarbeit aufteilen in Technikerarbeit und Kunst. Dadurch will er die Architektur zum Verschwinden bringen. Hat er das erreicht, sagt er, kommt die Kunst dran. A. ist groß und schlank, er hat sicher eine gute Figur, seine Frau weist immer wieder auf seine gute Figur hin, sie sagt auch, A. sei schon zu weit fortgeschritten, um noch als Architekt arbeiten zu können. Wenn es unter uns Streit gibt, beteiligt sich A. nicht. Er ist der Stillste. B. behauptet, A. habe im Kofferraum seines Citroëns einen Wäschekorb voller abgeschlagener Köpfe transportiert. Weiß der Teufel, ob das stimmt. Wenn es nicht stimmt, sagt es etwas über B. aus. Aber A. hat schon sowas Mildes, Rechthaberisches, Kopfabschneiderisches. Und seine Frau tut nichts, diesen Eindruck zu mildern. Ich muß mich bei den beiden entschuldigen. Was mir in den Kopf kommt, wenn ich an die beiden denke, hat weder mit A. noch mit seiner Frau viel zu tun. Auf jeden Fall herzlich euer G. Wir sind zu siebt. A., B., C., D., E., F. und ich. Einige von uns sind schon verheiratet. Die wichtigste Grundlage unserer Freundschaft ist natürlich die Tatsache, daß wir alle in Wiesbaden wohnen. Würden wir nicht in Wiesbaden wohnen, hätten wir uns nicht kennengelernt. Ich habe auch noch Freunde in Frankfurt. Aber das sind schon entfernte Freunde. In Köln habe ich noch entferntere Freunde. Die Bekannten, die ich in München und Berlin habe, wohnten früher in Wiesbaden, das sind auch noch Freunde, aber doch schon sehr sehr entfernte Freunde. Wir sieben dagegen sind ziemlich enge Freunde. Keiner von uns glaubt, daß wir noch einen achten Freund in unseren Kreis aufnehmen werden. Wir schließen das nicht aus. Es ist ja möglich, daß plötzlich ein Zahnarzt zuzieht, der uns alle bezaubert. Das hätten einige unter uns nicht gern. Unsere vielfältigen Beziehungen unter einander haben von selbst ein einfaches Abhängigkeitsgefälle hervorgebracht. B. ist von A. mehr abhängig als A. von B. C. ist von B. mehr abhängig als B. von C. D. ist von C. mehr abhängig als C. von D. E. ist von D. mehr abhängig als D. von E. F. ist von E. mehr abhängig als E. von F. Ich bin von F. mehr abhängig als F. von mir. Ich bin aber wahrscheinlich auch von E., D., C., B. und A. mehr abhängig als sie von mir. A. hat eben dieses sehr reiche Mädchen geheiratet, er arbeitet nur noch zum Schein, nur um seiner Frau und deren Familie etwas vorzumachen. Er will sich irgendwie einen Namen machen. B. ist Bankkaufmann. C. ist Chemiker. D. ist wahrscheinlich Dichter (wenn wir ihn ärgern wollen, sagen wir: D., du bist Datenverarbeiter). E. ist Englisch Horn-Bläser. F. macht jetzt Fernsehen. Ich bin Josef Georg Gallistl. Ich wäre gern Josef Georg Gallistl. Ich arbeite, um das Geld zu verdienen, das ich brauche, um Josef Georg Gallistl zu sein. Aber dadurch, daß ich soviel arbeiten muß, komme ich nie dazu, Josef Georg Gallistl zu sein. Bis jetzt bin ich immer nur der, der für Josef Georg Gallistl, den es noch nicht gibt, arbeitet. Ich bin also eine Hoffnung. Meine Hoffnung. Eins darf ich nicht verschweigen: ich bin von uns sieben der älteste; das gibt natürlich zu manchem Spott Anlaß. Der jüngste ist A. (29), dann kommt B. (30), dann C. (31), dann D. (32), dann E. (33), dann F. (34), dann ich (35). Ich habe weder vor, mich als die Hauptperson vorzustellen, noch will ich die sechs Freunde als Hauptpersonen schildern. Wir tauchen hier nur auf, insofern als wir jene Krankheit zum Ausdruck bringen, der ich meinen Namen leihe. Diese Krankheit ist ja nicht auf mich beschränkt. Aber es gehört zu ihren Wirkungen, daß man sie bei sich selbst deutlicher wahr-nimmt als an anderen. An anderen findet man die Symptome dieser Krankheit widerlich. Bei sich selbst findet man sie fast liebenswert; auf jeden Fall entwik-kelt man eine große Kraft des Mitgefühls mit sich selbst, wenn man sich als Opfer dieser Krankheit kennenlernt. Nein, Opfer nicht. Das ist das Einzigartige bei dieser Krankheit: man wird nicht von ihr befallen und wehrt sich dann, sondern man lernt sie kennen, weil man sie ausübt; man möchte sie nicht loswerden, sondern sie ausbilden. Jetzt rede ich schon von meiner Krankheit, als wüßte ich Bescheid. Das ist aber nicht der Fall. Wo bleiben denn die Symptome? Zuerst die Symptome und dergleichen: Ich bewundere Menschen, die wenig Zu-stimmung brauchen. Ich brauche viel Zustimmung. Vielleicht meine ich das nur, weil mir bisher Zustim-mung versagt wurde. Das Geld, das ich so und so ver-diene, ist die einzige Form der Zustimmung, die mir zuteil wird. Und ich bin so wehleidig, das für eine zu abstrakte Form der Zustimmung zu halten. Der Ar-beitgeber überweist das Geld auf mein Konto. Vielleicht müßte er mir die Hand geben, sich bedanken. Nein, das kann er nicht. Ich arbeite nicht gut. Ich hasse die Arbeit, die ich tun muß. Ich weiß aus Erfahrung, daß Arbeit das einzige ist, wodurch ich auf mich aufmerksam machen könnte. Überstunden vor Weihnachten, Rationalisierungsvorschläge, dann würde man mich bald kommen lassen. Ich möchte, daß man sich für mich interessiert, auch wenn ich nicht im Betrieb angenehm auffalle. Ich weiß, das ist kindisch. Trotzdem möchte ich es. Manchmal zerstöre ich eine Kleinigkeit im Betrieb, um auf mich aufmerksam zu machen. Ich warte dann immer darauf, daß ich zum Abteilungsleiter gerufen werde. Aber offenbar richte ich die kleinen Schäden so geschickt an, daß niemand mich als Täter ausfindig machen kann. Inzwischen bin ich aus dem Arbeitsprozeß ausgeschieden. Ich wurde ausgeschieden. Arbeit fiel mir nie leicht. Ich liebe mich vielleicht zu sehr. Ich habe mich beworben um einen Kiosk in der Nähe des IG-Hochhauses. Als Pächter. Ich strebe zum Mittelstand. Mein Ziel ist es, mehrere Kioske zu betreiben. Ich werde Jugoslawinnen anstellen, die ich aus dem Betrieb kenne. Jugoslawinnen sind die zuverlässigsten Menschen, die es gibt. Sie sind noch zuverlässiger als Jugoslawen.

Mein Rationalisierungsvorschlag:
Erstellen neuer Zeichnungen durch »Auslichten«.
Im Zeichnungswesen ist es oft notwendig, neue zeichnerische Teildarstellungen vorzunehmen. Für solche Arbeiten wurde früher ein Zeichnungstransparent erstellt und die zur Änderung

kommende Teildarstellung auf dem Transparent ausradiert. Dafür bietet sich das in der Lichtpauserei entwickelte »Auslicht-Verfahren« an.

Der Vorgang ist folgender: Ein mit dem Stammoriginal belichtetes Transparent-Papier wird nach der Belichtung deckungsgleich und oben liegend auf das Stammoriginal gelegt und die zur Auslichtung kommenden Stellen mit einem licht-undurchlässigen Papierstreifen abgegrenzt. Daraufhin wird mit dem Auslichtgerät die abgegrenzte Stelle ca. 25-40 sec belichtet und das Zwischenoriginal nun durch den Entwicklungsteil der Pausmaschine geschickt.

Auf Grund der jetzt freigelegten Fläche kann eine neue zeichnerische Darstellung gezeichnet werden oder eine zeichnerische Darstellung mittels Klebefolie aufgebracht werden. Hierdurch wird eine Zeitersparnis bis zu 90 Prozent gegenüber der früher ausgeführten Methode mittels Radierung erreicht.

Wie gefährlich es immer noch ist, sieht man daran, daß der Starke soviel gilt. Wo mehrere sind, ist immer einer der Stärkste. Das kann er durch Geld sein, durch Muskeln, durch Schläue, Einfälle u. s. w. Wir brauchen ihn. Obwohl er seine Stärke hauptsächlich gegen seine nächste Umgebung gebraucht, sind wir froh, einen Starken zu haben. Es ist, als hätten wir immer noch kein Recht zu leben. Ich möchte einmal lang und tief schlafen und aufwachen, wenn die Sonne meine Beine wärmt, dann aufstehen, Gras sehen, frei durch die Nase atmen können, den Kopf ohne Knirschen und Schmerz scharf hin- und herdrehen können und mich freuen können auf das, was ich jetzt gleich tun werde.

Diese Stars, diese starken. Diese gelenksicheren Bewegungsreichen, diese Wählerischen, diese Allerbesten, die es sich leisten können, gut zu sein, ganz prima zu sein, mutig zu sein, diese hochbegabten Unerbittlichen, Reinen, diese Wortführer, diese harten, weichen, prächtigen Gesichter, diese Kühnen, diese Meister.

Alle, die ich jetzt kenne, kenne ich schon zu gut. Zweifellos kennen auch sie mich schon zu gut. Soll ich abbrechen? Was mich mit meinen Bekannten, bzw. Freunden, verbindet, ist eine Serie von Stillhalte-Abkommen. Wir haben uns, ohne je darüber zu sprechen, darauf geeinigt, einander nur das zu sagen, was nicht zum sofortigen Bruch führt. Ich werde nie erfahren, was sie mir verschweigen müssen, um mit mir umgehen zu können. Manchmal gleißt durch unsere freundlichen Rüstungen plötzlich die wirkliche Feindseligkeit. Man muß dann schnell die Augen zumachen. Nur Gleichgültigkeit kann uns auf die Dauer zusammenhalten. Liebte man einen Freund, hielte man's nicht für immer aus, ihm das zu verschweigen, was ihn oft unerträglich macht.

Heute hat mich keiner angerufen. Gegen fünf rief ich A. an. Hätte er sich gemeldet, hätte ich ohne ein Wort zu sagen, wieder aufgehängt. Aber er war nicht zuhause.

A. hat mir neulich bewiesen, daß ich kein Snob sei. Als B. sagte, ich sei ein Snob, widersprach ich. Als A. mir zustimmte und ganz klar bewies, warum ich kein Snob sei, hatte ich Mühe, zu verbergen, wie beleidigt ich war. Er sagte nämlich, ich sei das Gegenteil von einem Snob. Ich fragte, was das Gegenteil von einem Snob sei. Das wußte er nicht. Ein Snob, sagte er, hat eine ganz andere Figur. Ich sagte nichts mehr. Ich wies nicht darauf hin, daß ich fast größer bin als A.

Wahrscheinlich hält er mich deshalb für dicker als sich selbst. Daß er sich selber für einen Snob hält, weiß jeder von uns. Aber ich werde ihm nie sagen, daß er ein Snob ist. Wahrscheinlich wartet er nur darauf und hat jetzt nur gesagt, ich sei kein Snob, weil ich ihn die ganze Zeit nicht ein einziges Mal einen Snob nannte. Nun wird er es nie von mir hören. Niemals.

B. tritt auf und sagt, er habe im letzten Jahr 52 000 Mark verdient. Mimi bewundert ihn gleich so blödsinnig, daß es auch B. auf die Nerven geht. Er hält deshalb nichts mehr von ihr. Im Gegenteil. Ich spürte, daß er sie jetzt erst recht verachtete. Das versuchte ich ihr zu erklären, als er gegangen war. Sie behauptete, ich wolle sie nur gegen B. aufhetzen.

C. schlägt jeden von uns mit seinen Horrorgeschichten aus der Chemie. D. leidet fürchterlich unter dieser Anmaßung C.'s. D. hat noch einen Obstgarten. In Gerresheim. Im Juli stellt er sich gern unter einen Kirschbaum und onaniert. Der Witz dabei ist, daß es von Wespen wimmelt. Wir kennen das nur vom Erzählen. Aber er erzählt es so, daß wir es uns als etwas Spannendes und Gefährliches vorstellen sollen. Etwa so wie die portugiesische Kolonialpolitik oder den fränkischen Großgrundbesitzer oder ein Genie aus Österreich.

E. könnte jetzt Fußballtrainer werden; Englisch-Horn war ein Wunsch seines Vaters gewesen; aber der Vater lebt nicht mehr. F. ist nicht leichtsinnig, er will geehrt werden; in seiner Branche muß man Schrecken verbreiten; F. sagt: und dadurch unverwechselbar werden.

Ich selber spüre einen härter werdenden Knoten in der Unterlippe. Meine Zunge ist von diesem Knoten nicht mehr wegzukriegen. Sie tastet, leckt, massiert andauernd an der kleinen harten Wölbung herum. Sie wundert sich. Sie hört nicht auf, sich zu wundern. Ich schleiche an der dunklen Wand entlang, stoße plötzlich mit dem Kopf gegen eine Stahlkante, die Kopfhaut platzt. Was tun?

Trocken, rissig, ist denn D. nierenkrank? Kann nur Scheußlichkeiten mitteilen. Alles, was ihm über andere einfällt, ist schlimm. Fertigmachen, das kann er. Die, die nicht da sind. Er muß das. Bis zur Erschöpfung. Bis nachts um vier. Er läßt uns nicht gehen. Es tut ihm selber leid. Er hat nichts gegen die. Er erträgt sie nur nicht mehr. Er erträgt auch uns nur im Haß, im Spott u.s.w. Ich schätze, daß er nierenkrank werden wird in seinem 40. Jahr. Mich verachtet er. Auch abends legt er seine Sonnenbrille nicht ab. Der Rotwein muß ihm schwarz vorkommen. Obwohl ich dabei bin, sagt er:

G. kommt sich wohl sehr witzig vor, dabei ist er gar nicht so witzig. D. hat gerade ein Buch über Kleist geschrieben. So, als sei er selber Kleist. Oder Kleist sei ihm doch sehr ähnlich. Das Buch beweist, es gibt keinen, der Kleist nähersteht als D. Man spürt beim Lesen ganz deutlich, wenn Kleist heute lebte, würde er sein Leben in einem Zimmer mit D. verbringen, alle anderen würde er meiden, ausgenommen (vielleicht) seine Schwester; aber die würde ihrem Bruder ununterbrochen zuraten, nur noch mit D. umzugehen. Ich beneide D. um diese Kleist-Bruderschaft. Wir sind befreundet. Aber Kleist steht zwischen uns. Und die Verachtung, die D. mir gegenüber so stark empfindet, daß er Mühe hat, einen Teil davon zu verbergen, wird am meisten von seiner Kleist-Intimusrolle genährt. Wer so mit Kleist ist, muß mich verachten; das habe ich gefälligst zu begreifen. Ich begreife es nicht. Weil ich noch lebe. Ich bin bescheiden. Ich bemühe mich, bescheiden zu sein. Vor allem der Zukunft gegenüber. Ich habe mir, nach vielen Anstrengungen, angewöhnt, die Zukunft grau zu sehen. Aber immer wieder will sie mir strahlend kommen. Mich anstrahlend. Dieser reine Blödsinn ist schwer zu überwinden. Wer hat ihn mir eingeimpft? Mit sowas kommt man doch nicht zur Welt, oder? Ich nehme alle Kraft zusammen, um mich auf die Gegenwart aufmerksam zu machen, umsonst. Sobald ich mich nicht zusammennehme rausche ich ab in die Zukunft. D. dagegen lebt mit Kleist in der Gegenwart. Ich will nicht sagen, daß er mit Kleist nur glückliche oder überhaupt glückliche Tage verbringt. Warum muß er soviel schimpfen? Seine Feindseligkeit ist die ernsthafteste unter uns. Wir anderen denken über unsere Feindseligkeit weniger nach, wir begründen sie

weniger, wir sind einfach mehr oder weniger feindselig gegen einander, damit hat sich's. D. ist eben unter
uns das Genie. Er möchte jemanden umbringen, kann
er sagen. Das Messer in der Hand, hält er nachts die
Monologe. Er hat eine grünliche, manchmal sogar
bläuliche Haut. Er läßt sich immer nur auf Stühlen
photographieren, immer so, daß man auch noch den
ganzen Stuhl sieht. Die Beine hat er immer überein-
andergeschlagen. Immer! Sicher ist es angenehm, in
der Oberschenkel- und Inguinalgegend andauernd
etwas Blut gestaut zu haben, das erhöht das Gegend-
gefühl; andererseits werden dadurch die Füße benach-
teiligt, aber die Füße sind vielleicht nicht so wichtig.
Ich muß zugeben, wir alle sitzen nachts mit überein-
andergeschlagenen Beinen. Wir Männer. Wir Freunde.

Eine Zeitlang hoffte ich, irgend jemand würde sich der
Meinung, die ich von mir habe, anschließen. Ich habe
eine Meinung von mir, die von keinem anderen geteilt
wird. Deshalb fällt es schwer, diese Meinung aufrecht
zu erhalten. Früher glaubte ich, es sei nur eine Frage
der Zeit. Die werden das schon noch bemerken, dachte
ich. Damals schwebten mir Leistungen vor. Ich werde
schon das Nötige vollbringen, dachte ich. Dann blieb
eine Vollbringung nach der anderen aus. Oder sie blieb
weit hinter dem zurück, was sie sein sollte. Von der
Umwelt erwartete ich ein Echo, als seien alle Vollbrin-
gungen so geworden, wie ich mir das vorgestellt hatte.
Von mir enttäuscht zu sein, gestattete ich nur mir, nicht
aber der Welt. So entstand bei mir etwas Haß.

Allmählich stellt sich heraus, daß die anderen nicht viel anders sind als ich. Anstatt mich darüber zu freuen, fürchte ich, es schwinde für mich der Grund zu leben. Diese Furcht ist natürlich die Folge davon, daß ich mein Leben nur auf meine Einzigartigkeit gegründet hatte. Ob ich mir das selber ausgedacht habe, ob man mir das beigebracht hat, weiß ich nicht. Auf jeden Fall werde ich jetzt immer undeutlicher, verwechselbarer. Ich schwinde.

B. und E. sind zu kurz gekommen. Hier. Ich muß sie mit Leben erfüllen. Also B.: er ist Filialchef in . . . So eine kleinste Stadt eben. Er sagt, er will dort nicht mehr weg. Nicht zurück etwa nach Wiesbaden. Wüßte er, daß ich andauernd den Namen dieses Nestes, in dem er Filialchef geworden ist, vergesse, sähe er darin alle seine Gedanken über die größeren Städte bestätigt. Nur nicht höher hinauf, sagt er, da werden doch stündlich Entscheidungen gefällt, ohne daß die Entscheidenden noch wüßten, warum gerade so und nicht anders. Nach spätestens 3 Jahren zeige es sich, daß alle diese Entscheidungen falsch seien, das habe er, solange er in Wiesbaden gearbeitet habe, zur Genüge erfahren. Dort draußen in der Kleinstadt, in die er täglich lieber hinausfahre, fälle er Entscheidungen auf Grund eines vollkommenen Überblicks.
Wir entnehmen daraus, daß B.'s Bankkarriere ihren Scheitelpunkt hinter sich hat. Daß er täglich lieber hinausfährt, kann keiner von uns glauben. Wird B. deutlicher, wenn ich hinzufüge, daß er in jenem Städtchen das Training einer Turnriege übernommen und innerhalb eines Jahres Erfolge bei den deutschen Mei-

sterschaften errungen hat? 2 deutsche Meisterinnen
hat er hervorgebracht. Er trainiert eine weibliche Rie-
ge, und zwar im Bodenturnen und am Schwebebalken
(wenn ich recht bin). Das steht wirklich in allen Zeitungen und wir alle gratulieren B. andauernd, weil
seine Zöglinge andauernd irgendwo siegen, aber die
Stadt, das Städtchen, es ist zum Verrücktwerden, je
häufiger dieser Name durch B.'s Energie auftaucht,
desto tiefer gerät er in Vergessenheit, er blitzt auf und
sofort schlägt das Dunkel wieder undurchdringlich
über diesem Namen zusammen. Mich quält das manchmal so, daß ich plötzlich B. anrufen muß. Seine Num-
mer kenne ich auswendig. Aber sobald ich ihn am Ap-
parat habe, wage ich nicht mehr, ihn zu fragen, wie
denn wieder das Städtchen heiße. F., dem es mit diesem
Namen offenbar ähnlich geht, fragt, wenn wir zusammen sind, ganz ungeniert, wie denn das Scheißnest
wieder heiße. Mensch, ruft A. und lacht zuerst mal
eine Zeitlang, geht euch das auch so, jetzt bin ich aber
beruhigt, ich kann und kann mir einfach dieses Nest
nicht merken, obwohl doch unser Freund B. alles tut,
um eben diesen Namen unvergeßlich zu machen. Das
muß an dem Namen liegen, B., könntest du nicht ne
Filiale in einem Städtchen mit nem einfacheren Namen
kriegen, gute Turner ziehst du doch überall auf. B.
schaut uns an. Er trinkt, heißt es. Anders kann man
sich auch nicht erklären, daß er die Tür seines Mercedes
zugeworfen hat, obwohl er die linke Hand noch im
Wagen hatte, auf jeden Fall hat er sich so vier Finger
unrettbar abgequetscht. Wie ich unseren B. kenne,
sagte D. damals, hat er jetzt beschlossen, Trainer der
Nationalmannschaft zu werden, stimmt's? B. schluck-
te, dann lächelte er D. an, ausdauernd, schaute gar

nicht mehr weg von D., sein Lächeln hatte schon aufgehört, aber immer noch schaute er D. an, offenbar
konnte er vorerst nicht mehr wegschauen von D. Da
tauchte vor uns allen eine Szene auf aus der Zeit, als
B. noch hier in der Kaiserstraße arbeitete: D. hatte
sein Konto geringfügig überzogen, B. ließ Schecks zu-
rückgehen, und als D. in die Bank kam und Krach
machen wollte, nahm ihm B. mit einer jähen Bewegung
den Autoschlüssel aus der Hand und sagte: Den kriegst
du wieder, wenn dein Konto wieder stimmt. B.'s Vater
war beim Staatssicherheitsdienst gewesen. Man darf
annehmen, daß B.'s Mutter ihr Söhnchen oft an sich
gedrückt hat, weil der Vater fehlte. Was hat sie B. ins
Ohr geflüstert in dem Zimmer, in dem sie mit B. allein
war? B. kam in unseren Kreis durch F. Er hatte F., den
er durch das Fernsehen kannte, Gedichte geschickt.
730 Gedichte. Zwei Jahre hatte B. Gedichte geschrieben. Jeden Tag eins. Dann hatte er geheiratet. Die
Tochter seines Abteilungsleiters. Sie war eine bekannte
Bodenturnerin. Er hatte sie im Regionalprogramm
gesehen. B. begann, sich für Frauenturnen zu interessieren. Er las Bücher, besuchte Kurse. Ungefähr um
die Zeit, als B. in jenes Städtchen versetzt wurde, hatte
sich seine Frau von ihm scheiden lassen. Kinder waren
zum Glück keine da. Aber das Frauenturnen ließ B.
nicht. Ach ja, wenn man anfängt, über einen Menschen
zu erzählen, ist kein Ende abzusehen. D. behauptete,
B. sei überhaupt strafversetzt worden, weil er seinen
Chef geohrfeigt habe. Entlassen konnte man ihn nicht,
behauptet D., weil der Chef ja auch B.'s Schwiegervater gewesen sei und B. vor dem Arbeitsgericht gel-
tend machen konnte, er habe nicht den Chef, sondern
den Schwiegervater geohrfeigt u.s.w. Mir hat er übri-

gens auch schon Gedichte geschickt. Zirka 450 u.s.w. Wenn wir in der Zeitung die Fotos seiner 16-, 17-, 18-jährigen Meisterinnen sehen, beneiden wir B. Er hat auch den Doktortitel. Seit dem Verlust der vier Finger, fährt er BMW. Einmal hat er in einer Nacht von Samstag auf Sonntag bei uns angerufen, wohl wissend, daß ich nicht zuhause war. Mimi behauptet, er habe gelacht oder geweint und gesagt, er würde Mimi gern trainieren. Wie gesagt, über einen Menschen läßt sich vieles sagen, insbesondere, wenn man mit ihm befreundet ist u.s.w. und schon wieder ein Jahrhundertende bevorsteht. Das ist ja wahnsinnig. Also wirklich. B. verrenkt sich, um möglichst siegreich ins neue Jahrhundert zu kommen. Oft macht er ein Gesicht, als würde er uns andere, falls es ihm nötig erscheine, einfach niedermähen u.s.w.

Wiesbaden wird immer blöder, das kann man ruhig sagen. Aber wo ist es anders? In Hamburg? Hör mir auf mit Hamburg. Es ist überall schön, solange man keine Leute kennt. Sobald man Leute kennt, geht es los. Abends. Der setzt sich ganz rasend ein für Willi Brandt. Der andere für Jane Fonda. Manchmal wünsche ich mir auch so einen ganz kurzen beliebten Namen. Mein Name ist zwar auch nur zweisilbig, aber es ist die langgezogenste Zweisilbigkeit, die man sich denken kann. Also, die schwärmen hier so gern. Daß sie selber in Frage kommen könnten, taucht ihnen nicht auf. Sie verzichten völlig auf sich zugunsten ihrer Protagonisten. Auch ich komme nicht in Frage. Meine Ehrsüchtigkeit verlangt von mir während eines solchen Abends hundertmal: brich mit denen! steh sofort auf und geh! Ich entgegne: Das sind meine letzten Bekannten, ich bitte dich! laß uns heute so tun, als hätten wir nichts gehört; aber wir merken uns jedes Wort, und eines schönen Tages rächen wir uns; aber dazu müssen wir hier bleiben, Kontakt halten, liebe Ehrsüchtigkeit, begreif das doch. Glücklicherweise ist meine Ehrsüchtigkeit ein bißchen dumm und läßt sich einwickeln, weil sie überleben will. Wenn ich mit den letzten Bekannten breche und mich schließlich noch selber umbringe, davon hat sie ja auch nichts; schließlich bin ich ja ihre biologische Basis; mich kann sie ja auf keinen Fall überleben; das dürfte sowieso ihre größte Sorge sein, diese brüchige Basis.

E.'s Kampfart. Nach allem, was ich über B. gesagt habe, ziehe ich die Mitteilung, daß E. jetzt Fußballtrainer werden könnte, zurück. Ich will die Vorstellbarkeit unseres Freundeskreises nicht durch unwahrscheinlich Klingendes beeinträchtigen. E. hat es auch gar nicht nötig, Fußballtrainer zu werden, der begehrte Hornist. Er fährt den größten Opel, den es gibt. Daran erkennt man den sparsamen Menschen. E. ist von uns allen der Sparsamste, der Fröhlichste, oft sagt er: Bläser werden nicht alt. Deshalb will er sich verändern. Musik, sagt er, ist das Langweiligste. Am liebsten wäre ihm ein Reisebüro. Er hat schon zwei Photobücher veröffentlicht. Über das Tauchen und was einem dabei begegnet. Er leidet unter Beinschmerzen, kein Arzt kann ihm helfen. Leider findet er nicht die Frau, die er zum Tauchen brauchen würde. Er sagt, es melden sich nur Krücken, und gerade zum Tauchen plus Photographieren brauche er erstklassige Weiber. E. hat eine Glatze, sonst aber ist er ganz dicht behaart

bis zu den Fingernägeln. Wir haben ihm klargemacht, daß uns seine Tauchergeschichten absolut nicht interessieren. Trotzdem fängt er immer wieder davon an. Er möchte, daß D. ihm einmal den Text für ein neues Photobuch schreibe. D. sagt: Daß du von mir etwas so Unmögliches verlangst, wirkt auf mich wie eine Boshaftigkeit. E. weiß, daß ich ihm gerne diesen Text schreiben würde, aber eben deshalb glaubt er, ich könne das nicht. Seine Frau ist Nichtschwimmerin. Aber sie ist eine gelernte Photographin. Sie hat auch schon Bücher veröffentlicht. Photobücher. Für Kinder. Sie macht ihre Texte selber. Sogar die Verse. Deshalb spricht sie oft direkt mit D. und tut, als wären wir nicht da. Aber daß D. für ihren Mann einen Text schreibt, schafft sie auch nicht. Zum Glück bin ich nicht verheiratet, sagt D. und lacht fast lautlos; es ist eine Art Jauchzen nach innen. Ein Dichter, der heiratet, meint es nicht ernst, sagt er dann und schaut uns an, stolz, verachtungsvoll, wer weiß; zuletzt lacht er dann wieder, versöhnlich, bzw. kompromißbereit.
Draußen regnet es auf Blätter. E. sagt: Man sollte einfach konsequent sein und Photobücher ganz ohne Text veröffentlichen. Es donnert. E.'s Hund bellt. Es gelingt E.'s Frau nicht, ihn zu beruhigen. E. schreit sie an: So bring ihn doch raus, schlag ihn tot, ich halte das nicht mehr aus. Seine Frau zieht den Hund am Halsband hinaus. E. läßt seinen Kopf nach hinten fallen und streckt die Beine von sich. Dann reibt er seine Augen so heftig, daß sie laut quietschen. Nicht, sagt D., bitte nicht. E.'s Frau kommt wieder herein, sie sieht aus, als hätte sie uns eine Katastrophe zu melden. Aber sie will natürlich nur, daß wir sie jetzt 5 Minuten ununterbrochen reden lassen u.s.w.

Natürlich tut das weh, wenn man einen Leserbrief geschrieben hat, der auch gedruckt wurde, und dann wartet man den ganzen Abend vergeblich darauf, daß einer den Leserbrief erwähnt. Man wagt keine Anspielung zu machen. Oder Mimi hat ein neues Kleid, keiner sagt was. Muß man sie nicht hassen, alle, und am Ende auch Mimi? Ich muß. Wenn Mimi zuhause bleibt, ist es besser. Dann komm ich spät heim und stelle alles anders dar.

Leider wird mein Gedächtnis immer besser. Wenn ich einschlafen will, marschieren alle Sätze, die in den letzten Wochen gegen mich gesagt wurden, in mir auf und tragen sich richtig vor. Auch nicht einer will verloren gehen.

Nach solchen Abenden träum ich so: In der Schalterhalle der Sparkasse treff ich auf Herrn H., das heißt, wir stoßen zusammen, grüßen, er sagt: Sie haben da einen wunderbaren Leserbrief geschrieben, ich leuchte auf, er sagt, er selber habe ihn leider noch nicht gelesen, aber er hat einen Freund I. und dessen Frau, Frau I. also, die hat den Leserbrief gelesen und hat ihn sehr gelobt. Ich bedanke mich bei Herrn H. für seine Freundlichkeit.

Ich übertrage immer noch alle Beleidigungen in ein großes Buch mit festem, glänzendem, blau oder rot liniertem Papier. Es hat meinem Vater bis zu seinem Tod als Wareneingangsbuch gedient. Ich führe es weiter als einen Rachekalender. Andauernd trage ich ein. Wann soll ich ausführen. Immer verläuft es so: Beleidigung, in mir der Schrei nach Vergeltung, fast feierlicher Eintrag der Beleidigung ins Buch, Entwurf der Rache, Einsicht in die momentane Machtlosigkeit, Rache wird aufgeschoben auf einen künftigen, glänzenden, machtvollen, günstigen Augenblick, man trifft den Demütiger wieder, tut ihm sogar einen kleinen Gefallen, das wiegt ihn ein, um so schlimmer wird man ihn später treffen, der Demütiger bedankt sich recht herzlich für den Gefallen, tut mir auch einen kleinen Gefallen, wir gelten allgemein als befreundet, was soll ich machen, das Bedürfnis nach Vergeltung existiert zwar noch, aber es ist nicht mehr frisch, es ist schon ganz fad, es stinkt.

Ich interessiere mich nur noch für mich selbst. Das ist ausgebrochen, hat ganz rasch zugenommen. Ihr könnt mir gestohlen bleiben. Es kommt mir vor, als hätte man von mir immer zuviel Interesse für andere verlangt. Ich bin unter der Last dieses mir abverlangten Interesses zusammengebrochen. Und sofort schoß auf mein Interesse für mich selbst. Nicht, daß ich mich vorher nicht für mich interessiert hätte. Aber mein Interesse für mich selbst ist in einer Weise gewachsen, daß es mich jetzt bis zum Ersticken ausfüllt. Ich bin bewegungslos vor Interesse für mich selbst. Daher die Angst. Wer Angst hat, will auch Schrecken verbreiten, das ist ja klar.

Es ist schon nach acht. Wir in unserem kleinen Freundeskreis müssen jetzt auf einander einschlagen. Ganz dringend. Wir können das nicht aufschieben oder dämpfen. Wir können nicht darauf verzichten, sofort wieder auf den einzuschlagen, der gerade auf einen anderen eingeschlagen hat und jetzt gerade eine Pause macht, eine Atempause. Meistens ist es ein Aufeinanderlosgehen. Mehrere verbeißen sich immer heftiger ineinander, bis sie nachts um 3 Uhr nicht mehr können, dann wollen sie noch ein bißchen Geschlechtsverkehr. Es kommt auch zu Zweikämpfen in unserem Kreis. Diese Art des Gegeneinanders wird von den meisten als akzeptabel empfunden. Auch in der Kunst, die davon lebt. Ich führe die Beliebtheit dieser Kampfart darauf zurück, daß man dabei siegen kann. C. beginnt. Du bist der Unmöglichste unter uns, sagt C., zu mir. Ich bin auch der Älteste, sage ich. Du bist unverhältnismäßig unmöglich, sagt C. Willst du mir schmeicheln, sage ich. So bist du, sagt C., anstatt dir etwas anzuhören, versuchst du gleich, einen Witz zu machen. Tatsächlich, sag ich, hab ich keine Lust mehr, mir irgend etwas anzuhören. Ich glaube nicht mehr an den Nutzen. Ich werde mich nicht ändern können, bloß weil ich weiß, daß ihr mit mir nicht einverstanden seid. Also entsteht der Eindruck, ihr sagtet das nur um euretwillen. Das ist aber für mich kein Grund, euch zuzuhören. Ihr könnt ja den Verkehr abbrechen mit mir. Das müßten wir zwar, aber wir tun es nicht, sagt C. Warum nicht, frage ich. Es geht uns doch genau so, sagt er. Jedem mit jedem. Das ist ja die Grundlage unserer Freundschaft: keiner hält was vom anderen; keiner könnte mit dem anderen befreundet sein, wenn er den anderen nicht für weniger hielte als sich selbst. Und das Freundschaftliche, das man nicht unterschätzen soll, ist eben, daß jeder das Gefühl hat, er müsse den anderen ändern, besser machen. Im Grunde ist das vielleicht das Unfreundschaftliche, denn, wenn der andere aufholen könnte auf diesen Rat hin, dann wär's eben bald aus mit der Freundschaft. Ja, ja, sage ich, unbefangen sind wir nicht. C. sagt: die Wettbewerbsmentalität.

Ich rauche jetzt nicht mehr. Aus Haß gegen A., B., C., D., E. und F. Die rauchen noch. Seit 6 Tagen habe ich keine Zigarette geraucht. Meine Lungen sind schon reiner, das spür ich. Ich erlebe meine Lungen als das Schiff eines gotischen Doms im Sonnenaufgang. Es wird Tag in mir. Ich werde, wenn ich unter denen bin, mit Kraft dasitzen, meinen Speichel schlucken, meine Lippen kauen, meine Zähne klingen lassen, meine Finger bewegen, den anschauen, dann den, dann den, all diese Rauchenden, ich werde den Kopf schütteln und lachen, ihr blöden Hunde, ich hasse euch, das gibt mir die Kraft, nicht mehr zu rauchen. Ich will anders sein als ihr. Reiner. Stärker. Härter. Böser. Mir ist alles recht, wenn es mich nur unterscheidet von euch. Ich weiß nicht, ob ich A. mehr hasse oder B., aber A. und B. hasse ich mehr als E. und F. C. und D. hasse ich auch mehr als E. und F., aber weniger als A. und B. Ich werde heute nacht in den Keller gehen und eine halbe Stunde auf dem Betonboden knien. Ich werde jetzt jede Nacht in den Keller gehen und Knien trainieren, bis ich 2 oder 3 Stunden auf dem Betonboden knien kann. Diese Stunden will ich in ungetrübtem Haß verbringen. Ich werde Geld verdienen, daß ich mir den Haß leisten kann. Mir wird warm vor Haß. Sehr angenehm. Endlich.

Ich darf nicht verschweigen, daß auch ich beliebt bin. Leute kommen abends zu mir, sagen, was sie denken, und ich stimme zu. Ich merke immer wieder, daß die Leute sich darüber freuen. Mir käme es luxuriös vor, wenn ich den Meinungen widerspräche, die einer offenbar schon lange hat, mit denen zu leben ihm offenbar möglich ist. Allerdings, wenn so einer dann mit anderen spricht und ihm wird widersprochen, dann erwähnt er, daß ich ihm rechtgab, und der andere sagt dann, ihm hätte ich auch rechtgegeben. Und ein Dritter kann dazukommen. Allen habe ich zugestimmt. Sie einigen sich darauf, daß ich keinen Charakter hätte. Trotzdem freut sich jeder dieser Charaktere, wenn ich ihm zustimme. Das gibt mir fast einen Sinn.

Es ist nicht lustig. Lustig ist es nicht. Lustig nicht. Wenn das nicht lustig ist. Ich finde das gar nicht lustig. Mein Gott, ist das lustig. Sowas von lustig. Finden Sie das vielleicht lustig.

Le Lied, sagt B., und legt eine Platte auf. Wir Glücklichen. Morgen früh werden wir frühstücken. Morgen mittag mittagessen. Wir wissen bloß nichts von unserem Glück. In blinkenden Badezimmern Aussatzgejammer. In allen Wirbeln knirscht's. C. sagt, ich hau dir's Kreuz ab.

Ich habe einen Artikel an Regner (FAZ) geschickt. Über eine portugiesische Mentalität. Man schreibt mir,

Regner sei schon seit Jahren tot, man habe schon soviele umbrochene Artikel aus Regners Zeit, aber wenn man die einmal gebracht haben werde, wolle man auch meinen Artikel drucken. Das erzähle ich K., der an der hiesigen Zeitung arbeitet. Loseisen, sagt er, sofort loseisen, her mit dem Artikel. Ich: Sie haben ihn ja noch gar nicht gelesen. K.: Ich kenne *Sie,* her mit dem Artikel. Ich schreibe an die FAZ. FAZ: Wir hätten ihn gebracht, aber bitte. Artikel geht an K. Ich höre nichts mehr davon. Auch wenn ich K. im Theater sehe, weicht er mir weder aus, noch erwähnt er jemals den Artikel.

Das liegt da und muß als mißlungen betrachtet werden. Was willst du jetzt machen? Du kannst es nicht noch einmal machen. Sowas macht man nicht zweimal. Du kannst versuchen zu widersprechen. Das ist nicht mißlungen, kannst du sagen. Aber da du der einzige bist, der das sagt, glaubst du es nicht einmal selbst. Du sagst es nur. Trotzdem bist du der Ansicht, daß sowas gar nicht mißlingen kann. Oder: du möchtest gern dieser Ansicht sein. Aber dazu müßtest du unter Leuten leben, die auch dieser Ansicht sind. Es hängt eben alles von den anderen ab. Und die werden sich hüten. Da herrscht eine Regel, von wenigen gemacht, von denen gemacht, die ihr genügen. Alle übrigen sind mehr oder weniger mißlungene Menschen, weil das, was sie machen, nach jener Regel (die nie als solche hervortritt, aber doch alles beherrscht) mehr oder weniger mißlungen ist. Und wir alle lassen uns das gefallen, weil jeder für sich denkt: laß nur, das schaff ich schon noch, dann bin ich durch! Wir lassen es uns nicht nur gefallen, wir wenden die Regel sogar gegeneinander an, wir schikanieren einander im Namen der Regel, wir sorgen für ihre Herrschaft. So bleiben die meisten für sich auf der Strecke. Das einzige, was sie in ihrem Leben erreichen: sie ernähren das Prinzip, an dem sie scheitern.

Dr. Helm Lohrer
Diplom-Psychologe
8937 Bad Wörishofen
Telefon 0 82 47/4 93 91
Paracelsusstr. 111

24. Juni 1970

Briefing

1. Titel:
Glashaus Glashaus von Josef G. Gallistl.

2. Inhalt:
41 Gedichte wissenschaftlichen Stils

3. Aufgabe des Briefing:
Zielgruppenbestimmung und Marktanalyse

4. Profilbestimmung:
Bei den Gedichten handelt es sich um eine Poesie technischer Mutationen. Es geht G. in seinen Gedichten um das Schaffen psychologischer Ordnungsbilder als Entsprechung der faktenvielfältigen Realität. Damit sollen die wissenschaftlich formulierten Sachverhalte aus ihrer Abstraktion in die sensualistische Sprache der Poesie überführt werden. Damit wird ihnen ihre »Ein-

samkeit« genommen und die Distanz zu ihnen verringert. Das Ziel ist eine Poesie der Fakten, der »heimatlosen Gegenstände« (Bloch), die auf Mathematik, Physik, Biologie und Gesellschaftswissenschaften zurückgreift.

5. Zielgruppe und Markt:
Schon im Jahre 1961 gab es in der BRD 121 000 berufstätige Naturwissenschaftler. Jährlich kommen nach neuesten Untersuchungen repräsentativ-statistischer Art 3730 Absolventen naturwissenschaftlicher Fakultäten, die ihr Studium mit einem Diplom oder einem Doktorexamen abschließen, dazu. Diese Zuwachsrate vergrößert sich pro Jahr um rd. 5 %.
Ein weiterer wichtiger Faktor: Die steigende Freizeit! Prognose: 3 Wochenendtage, 7 Stunden Arbeitszeit pro Tag, 6 Wochen Urlaub bis 1980.
Und schließlich: Das Vordringen der diagonalwissenschaftlichen Betrachtungsweise. D. h.: das Transferieren von geisteswissenschaftlichen Einsichten in die Naturwissenschaft und umgekehrt.

6. Werbliche Ansprache:
Die so charakterisierte Zielgruppe ist nicht allein mit den literarischen Ingroupmedien angesprochen, sondern durch Fachzeitschriften (z. B. Vogel-Verlag, Würzburg) und Verbandsnachrichten (z. B. VDI-Dienst). Auf die besondere Stellung von G.'s Gedichten ist dort hinzuweisen.

7. Fazit:
Bei einer solchen Strategie und dem spezifischen lyrischen Konzept der »technischen Mutationen« tut sich

ein noch unerschlossener Markt für G.'s Gedichte (s. z. B. Gedichte »Brücken-Engramm«, »Leistungs-Struktur«, »Gravitation/Befangenheit«) auf.

Dr. Helm Lohrer

Ein Unterschied zwischen Lob und Tadel: den Loben-den kann man unterbrechen.

Ich arbeitete als Schauspieler. Dazu mußte ich mich jeden Tag betrinken. Das wurde bekannt. Aber als der Regisseur M. einen Film drehen wollte über das Dasein eines Säufers, wandte er sich doch an mich. Es gibt eine Gerechtigkeit, sagte ich und betrat das Studio-Gebäu-de. Zuerst ein langer Gang, glänzender Boden, an der Decke, genau in der Mitte der Decke, ein gleißendes Neonband, solang wie der Gang, und das Band spie-gelte sich voll im Boden, also unten und oben, genau in der Mitte des Gangs, ein grelles Band; und vor mir ging, genau in der Mitte des Gangs, ein Mädchen mit schwarzen Strümpfen, genau auf dem gleißenden Streifen, der ihr hoch in den Schritt reichte, auf ihm ritt sie, ich mußte laut lachen. Am Ende des Gangs wartete schon M., mit Kollegen. Der lacht jetzt schon, sagte einer. Der Kollege N. Nach drei Tagen war es klar: ich konnte die Rolle nicht spielen. Der Kollege N., der weder trinkt, noch ein guter Schauspieler ist, kriegte die Rolle und, nachdem was ich hörte, schaffte er sie auch. Gescheitert war ich an einer Stelle, an der ich mit einem Mädchen sprechen sollte. Ich sollte ihr meine Vorzüge schildern und sollte die Figur, die der

Kollege N. spielte, schlecht machen. Das Mädchen hörte mir zu. Wir gingen an einem Fluß entlang. Ich sagte meinen Text. Ich merkte, daß mir die Buchstaben S, F, W, B und P Schwierigkeiten machten. Ich merkte, daß die Kollegin O. mich spöttisch anschaute. Zuerst nur erstaunt, dann belustigt, dann feindselig. Meinetwegen mußte sie den langen Gang sieben Mal machen. Sie zeigte, daß sie sich beherrschte. Der Kollege N., der uns am Ende unseres Wegs abfangen mußte, der uns also sieben Mal abfangen mußte, konnte sich nach dem siebten Mal nicht mehr beherrschen. Er trat auf uns zu, sagte aber nicht seinen Text, sondern sagte in eisklarer Aussprache grell laut mir ins Gesicht S! F! W! B! P! S – F – W – B – P! Der Regisseur sagte, lassen wir's für heute. Abends kam er dann zu mir ins Zimmer. Er sagte nichts, setzte sich nur hin, trank auch einen Schluck mit. Durch das offene Fenster hörten wir vom Terrassenrestaurant des Hotels die Kollegen lärmen, am lautesten N. und O., die immer wieder S – F – W – B – P brüllten, immer blasiger, verrutschter, und da sie jetzt offenbar auch tranken, gelang es ihnen, meine mißlungene Aussprache genau zu imitieren. Ach ja. Ich bin schon ein beängstigend gesunder Mensch. Es kommt mir nicht in den Kopf mitzuteilen, wie schrecklich es für N., der kein guter Schauspieler ist und seinen Beruf haßt, gewesen sein muß, siebenmal hinter dem Busch vorzutreten und einen lächerlichen Text aufzusagen. Und erst O. Sie sollte, während ich auf sie einredete, andauernd die Augenbrauen hochziehen und die Lippen »schürzen«. Ihr taten schon nach dem 3. Mal die Augenbrauen weh, die Stirne verkrampfte sich. Beim 5. Mal hatte sie Tränen in den Augen und mußte von einem Arzt beruhigt werden.

Und erst M.! Auf der halben Strecke unseres Weges sollte eine alte Frau über einen Korb voller Tomaten stolpern, die Tomaten sollten uns in den Weg rollen und ich sollte eine der Tomaten zertreten. Es wurde ja in Farbe gedreht. Siebenmal mußte M. das arrangieren, siebenmal die Tomaten einsammeln lassen, die alte Frau beruhigen, eine Rentnerin, die längst wieder bei ihrem krebskranken Mann sein sollte, siebenmal den schweißüberströmten Kameramann bezaubern, der den ganzen Weg rückwärts gehend vor uns herging, in einer so ausgewogenen Gehweise, daß man das für eine Kamerafahrt halten würde... ja, M. war wohl am schlimmsten dran. Alle waren schlimmer dran als ich: Ich habe danach nie wieder versucht, als Schauspieler zu arbeiten. Obwohl Schauspielerei für mich immer noch das Schönste wäre. Nicht selber leben, nur noch das Leben anderer imitieren.

Wenn ich allein im Zimmer bin, sage ich immer: Bitte, wohin wollen Sie mich haben? Hör ich draußen Schritte, geh ich in Socken nach dem Tritt der fremden Schritte im Zimmer herum, bis ich die Schritte nicht mehr höre. Hör ich die Schritte nicht mehr, erlischt sofort alle Lust zu gehen. Ich schaff es grade noch bis zum Stuhl. Dann sitz ich wieder. Bis wieder Schritte kommen. Es ist ein richtiges Kommen und Gehen. Dem Gefühl des Gestorbenseins kann man auch durch das Essen eines frischen Apfels entgegenwirken.

Die gelungene Geste eines anderen bleibt mir nicht nur im Gedächtnis, ich muß sie wiederholen. Immer wieder

einmal. Auch wenn sie gar nicht paßt. Ich schließe daraus, daß ich ein geringes Eigenleben habe. Ich habe
noch nie beobachtet, daß jemand eine meiner Gesten
wiederholt hätte. Ich bin überhaupt nicht sicher, daß
ich über Gesten verfüge, die man meine eigenen nennen
könnte. Am schlimmsten ist es, wenn ich im Kino war.
Noch Wochen danach schneide ich plötzlich mit der
Handkante durch die Luft, daß die Leute in der Straßenbahn erschrecken. Oder ich neige den Kopf ein
wenig und halte dabei den Blick fest in die Augen eines
fremden Mädchens gerichtet und dehne die Lippen zu
einem Kino-Lächeln. Wenn ich die Sparkasse betrete,
ziehe ich, das ist ja klar.

Tagelang geht mir alles, was ich nicht aushalten würde,
durch den Kopf. Es ist eine Menge. So muß ich wähle-
risch sein. Spaghetti mag ich sehr gern. Aber wenn ich
mich konzentriere, habe ich sofort das Gefühl, daß ich
zu lügen beginne. Wenn ich mich mir selbst überlasse,
muß ich mich nicht konzentrieren. Aber alles, was
außer mir liegt, fordert mir, wenn ich mich damit be-
schäftigen soll, eine irre Konzentration ab. Das ist,
was ich Arbeit nenne. Ich denke eben am liebsten an
mich selbst. Was heißt schon: am liebsten, lustig ist das
nicht, aber es geht von selbst. Wenn ich nichts tu, denk
ich unwillkürlich an mich selbst. Es kommt mir schon
ein bißchen verboten vor. So als ginge das gegen eine
Religion, der ich angehöre. Ich müßte mal überlegen,
gegen welche Religion das geht. Irgendwas muß man
mir irgendwann beigebracht haben, und das will mich
jetzt hindern, an mich selbst zu denken. Natürlich
kommt da auch Schnee vor, wenn ich an mich denke

und Messing und eine finnische Boutique und ein Schleppkahn auf der Emscher und Heidelbeeren mit Milch auf dem Feldberg und die immer putzigere hessische Hauptwache und eine Buchhändlerin bei Montanus, aber es ist auszuhalten, ich komme vom Hundertsten ins Tausendste, muß nichts erledigen, im Gegenteil, ich darf mich von diesem Strom ganz direkt zum Friedhof schubsen lassen; das ist ja klar: wenn ich ohne Zwang an mich selbst denke, komm ich auf den Tod. Das muß man in Kauf nehmen. Das kann man in Kauf nehmen. Obwohl, schon diese unvermeidliche Richtung ist lästig. Es ist, als rutschte man abwärts. Man kann zwar noch alles mögliche denken, aber alles treibt in diese eine Scheiß-Richtung. Und dann noch diese Scham darüber, daß man immer an sich selber denkt, immer diesem Hinunterrutscher folgt. Zuerst machte sich nur diese blöde Friedhofsrichtung bemerkbar. Da konnte ich noch eine Menge Dinge passieren lassen, bis ich dann in meinem Sarg landete. Allmählich hat sich ein fixes Sprungschema ergeben. Batsch-batsch-batsch, schon bin ich am Ende. Oder ich lande bei D.! D. ist mein Freund. Neulich sagte er, solange man mit mir rede, klinge das, was ich sage, ganz plausibel; überlege man aber, wenn ich gegangen sei, was ich gesagt hätte, dann falle alles wie ein Kartenhaus zusammen. Und an diesen D. muß ich, wenn ich an mich denke, immer häufiger denken. Es haben sich da Mechanismen entwickelt, gegen die ich nichts kann. Eine Zeitlang versuchte ich immer, wenn ich spürte, daß ich jetzt gleich wieder an D. denken müsse, einfach an meine Mutter zu denken. Ich pflege ja eine Menge Erinnerungen an meine Mutter. Da würde mir, hoffte ich, der Vorrat nie ausgehen. In meiner Mutter, so konnte ich hoffen, würde ich mich alle Mal und im Nu verlieren, und nichts, was mit meiner Mutter zu tun hat, hat mit D. zu tun. Außer mir. Und deshalb klappte es auch nicht. Deshalb hätte ich genau so gut Mimi als Zuflucht wählen können, dabei wäre ich auch immer wieder auf D. gestoßen. Und das wäre vielleicht erträglicher gewesen als das, was mir jetzt passiert. In einer bösartigen Verkehrung meiner Strategie passiert jetzt Folgendes: ich kann mich, wenn ich D. vermeiden will, nicht nur nicht zu meiner Mutter flüchten, sondern ich werde, wenn ich bloß an meine Mutter denke, sofort an D. erinnert. Er hat meine Mutter besetzt. Er kennt sie nicht, hat sie nie gesehen. Aber da ich sie gegen ihn mobilisierte, konnte er sie einnehmen, sich in meinem Gedächtnis mit ihr liieren. Gegen mich. Da sie tot ist, ist selbst die Hauptrichtung meiner Gedanken, mein eigener Sarg, nicht mehr sicher vor D. Manchmal überlege ich, ob ich nicht einfach eine Todesart erdenken müßte, die keinen Sarg mehr erlaubt. Vielleicht die Alpen.

Ich weiß jetzt so ziemlich, was gewünscht wird. Aber ich weiß auch, daß man es von mir nicht will. Es gibt genügend, die das liefern, was gewünscht wird. Ich komme dafür nicht in Frage. Da ich aber noch lebe, muß ich mich doch ein wenig bewegen. Das heißt, ich muß mich verstellen. Ich muß so tun, als mache es mir Spaß, dies oder das aus mir zu machen. Ich muß etwas aus mir herausholen. Es muß aussehen, als hätte ich Lust. Als sei es mir wichtig. Als könne ich doch noch etwas liefern. Etwas beitragen. Man hat ringsherum keinen Anlaß, mich mitzuschleppen, wenn ich selber nicht mehr will. Das dumpfe Klopfen an der Wand wird von meiner 13jährigen Tochter verursacht. Sie wirft einen Ball gegen die Wand, fängt ihn, wirft ihn, fängt ihn, regelmäßig, hundertmal, tausendmal, zehntausendmal, sie will nichts anderes mehr tun. Sie zieht sogar die Vorhänge zu. Wie kann sie mit 13 schon soweit sein? Kann sie mich schon so genau beobachtet haben? Ich habe nicht den Mut, ihr eine andere Beschäftigung zu empfehlen. Wir sind richtige Luxusgeschöpfe, die 13jährige und ich.

Jetzt habe ich etwas. Fröhlichkeit, das ist es. Sobald A., B., C., D., E. oder F. auftaucht, bin ich fröhlich. Ich deute Pläne an. Keine Zeit, keine Zeit. Ich bin im Fluß, beherrsche Bewegungen. In 15 Minuten reiß ich ne Menge auf. Da schaust du. Ich spüre den Erfolg. Neid und Achtung. D. glaubt noch nicht dran. Er erkennt, daß ich ihn imitiere. Ich muß durchhalten, bis ich seine und A.'s Rolle besser spiele als er und A. A. hat das Geld seiner Frau. Da ich kein Geld habe, kriegt meine Version seiner Rolle etwas Fanatisches. Darum beneidet er mich. Obwohl ich gerade deshalb nicht beneidenswert bin.

Plötzlich springe ich auf, renne die Treppe hinunter, Mimi hat das Auto, also ein Taxi, nach Biebrich. Erst wenn A.'s Hausmädchen, das in der Tür zu A.'s Arbeitszimmer steht, den Kopf neigt und Bitte sagt, läßt dieser Krampf in meinem Gesicht nach. Eigentlich erst, wenn ich die Schwelle überschreite, wenn ich A. sehe. A. sitzt leicht am Schreibtisch. Er dreht sich leicht zu mir. Sein Schreibtischsessel läßt sich nach hinten kippen. A. lächelt. Was ist los? sagt er. Sein S klingt, als habe er als Kind gelispelt. Das wäre ihm dann mit allerlei Foltern abgewöhnt worden. Ich bin auf jeden Fall glücklich, ihn zu sehen. Schon gleich nach dem Frühstück, sobald ich allein im Zimmer war, hatte das angefangen: meine Unterlippe fühlte sich hart an, auch in der Oberlippe nahm ein Druckgefühl zu, eine Art Krampf, mein Mund verzerrte sich. Ich konnte nichts dagegen tun. Ich grimassierte, rieb mit den Händen im Gesicht herum, umsonst. Selbst unter meinen Händen ging dieses Ziehen und Zerren weiter. Eben doch ein Krampf. Wie beim Schwimmen. Aber im Gesicht ist das ja nicht so gefährlich. Vielleicht der Trigeminus. Ich saß ganz ruhig. Mit einem Mal wurde mir klar, daß das nicht ein Krampf war, der eine Muskulatur zur Erstarrung bringt, und damit hat sich's. Das war eine Veränderung. Eine Bewegung mit einer Tendenz. Eine Umformung meiner Gesichtszüge. Die Unterlippe war inzwischen schon viel größer geworden, auch lockerer, sie hing ein wenig weg. Aber erst als auch aus dem Härtegefühl am Kinn eine Tendenz spürbar wurde, begriff ich. Offenbar begann sich mein sonst eher ausladendes Kinn zusammenzuziehen, um eines dieser runden Hügelchen zu bilden. Das haben ja viele. Ich nicht. Bisher nicht. Jetzt wußte ich Bescheid: die größer und schwerer werdende Unterlippe, die sich lockerte und etwas weghängen wollte! das der Lippe entgegenwachsende Hügelchen! es hätte der sich deutlich verdickenden Nasenflügel nicht mehr bedurft, das war kein Krampf, nicht irgendeine auf der Stelle tretende Gesichtsunpäßlichkeit, das war ein zielsüchtiger Prozeß, da modelte jemand an mir herum. Ohne daß ich in den Spiegel schaute, erkannte ich, fühlte ich, wem ich gleich gemacht werden sollte: A. Und zwar in einem so kurzen Prozeß, in einer so direkten Vergewaltigung meiner Gesichtszüge, daß ich es als einen scharfen Schmerz empfand. Aber ich konnte mich nicht wehren. Ich saß da und sah sozusagen zu, wie mein Gesicht A.'s Züge annahm. A. sieht gut aus, dachte ich. Aber das war kein Trost. Vielmehr ein Schmerz! Ein ebenso innerer wie äußerer Schmerz. Und eine Panik! Eine Bestürzung! Und eine Atemnot! Der ist doch 6 Jahre jünger. Kein Trost. Ich rannte weg. Zum Glück wußte ich, daß ich nicht zum Hautarzt mußte. Nur A. selber konnte mir noch helfen. Er würde es nicht zulassen. Und tatsächlich, ich sah ihn, er lächelte, seine bequem und ein bißchen idiotisch weghängende, in der Mitte geradezu geschwollen dicke Unterlippe, also diese Unterlippe wackelte, mein Gesicht entspannte sich, alle Druckstellen und Tendenzfelder lösten sich auf, ich hatte das Gefühl, mein ganzes Gesicht blühe rosig auf und nehme dann wieder streng meine Züge an, die mir so vertraut sind, daß ich sie nicht spüre. Was ist los, sagte also A. Ja, sagte ich, kannst du mir einen Rat geben, A.? Gern, sagte er. Folgendes, sagte ich: Dein Schwiegervater geht im Schwarzwald spazieren, sieht einen Stein, auf dem steht: Neu-Polen, er fragt im Rathaus in Freudenstadt, was das soll, und erfährt, wieviel man hier in den ersten Dreißigerjahren des 19. Jahrhunderts für die vertriebenen Polen tat. Steckten da nicht die Russen dahinter? Doch da steckten die Russen dahinter. Also hängt sich dein Schwiegervater sofort ans Telephon, ruft Bonn an, die Bundeszentrale für Heimatdienst, und die rufen mich an und fragen, ob ich eine Broschüre schreiben könne darüber und zwar möglichst schnell, noch im Wahljahr, und was das koste. 4 bis 5000 Mark, sag ich bald. O je, sagt der in Bonn. Und ein Exposé, zwei Seiten? 1000 sag ich. Ganz schöner Preis das, sagt der in Bonn. Na ja, sag ich, um das Exposé zu machen, muß ich mich ja seriös einarbeiten, oder? Sie wollen es sich überlegen, sagt der. Jetzt frag ich dich, A., hast du das vermittelt oder wie kommt dein Schwiegervater gerade auf mich, denn er hat dieser Bundeszentrale meinen Namen genannt, das steht fest. Begreif, sagt A., mein Schwiegervater kennt fast nur Analphabeten, deshalb merkt er sich natürlich die Namen von Leuten, die noch schreiben, d. h. Namen, die meine Frau oder ich schon mal im Gespräch erwähnen, ich hoffe, es ist dir nicht peinlich, du kannst ja ohne weiteres ablehnen, einen, der es macht, finden die immer, ich muß dir sogar dringend raten, das abzulehnen, wenn mein Schwiegervater die Hände drin hat, kann es sich nur um eine finstere Sache handeln, politisch ist mein Schwiegervater ein Kretin, verstehst du. Danke, sag ich und verabschiede mich. A. hält mich jetzt aber mit Kraft zurück und sagt: Hörst du, mach das ja nicht, mein Schwiegervater ist, politisch gesehen, ein Verbrecher, verstehst du. Ich verspreche dem fortschrittlichen A., daß ich diese Broschüre nicht schreiben werde.

Wenn jemand mich ertappte inmitten meiner Geständnisse und mir zeigte, daß ich der Ertappte sei, so könnte ich immer noch (der Wahrheit entsprechend) sagen: Ja, ich weiß, ich bin lächerlich in meinem ... was Sie wollen, was immer Sie mir vorzuwerfen belieben, bitte, formulieren Sie's schon selber, sagen Sie's inmitten von was Sie mich ertappten und wobei, ich stimme zu. Ich formuliere es nur deshalb nicht selbst, weil ich immer in Versuchung bin (natürlich), auch noch das Schlimmste, wenn es mir nachgesagt werden muß, mit Wörtern für das Zweitschlimmste auszudrücken, ich weiß, Sie nennen das »kokett«, jetzt nehmen Sie doch endlich selber das Wort. Ich winde mich ja schon.

Nicht weiter. Genug. Gesteh jetzt. Ohne Bestimmtheit. Angewiesen. Durchdrungen. Von nichts.

Widerrechtlich. Sonnenüberglänzt. Farblos. Verhätschelt. Ohne Freude. Bestürzt. Widerrechtlich. Angebunden. Voller ... Es könnte nicht schöner sein. Verbittert. Immer wieder ist es ein Fehler.

3. Zuspitzung

Ich öffnete die Kellertür, machte Licht, sah die Stufen, ging hinunter, mein Hund war mir gefolgt, ich musterte die Regale, nichts fehlte, aber da war etwas, ein roter Schlauch, der war nicht dagewesen bisher, ich konnte mich nicht bewegen, der Schlauch, die Mündung mit dem Messingmundstück war auf mich gerichtet, ein Ruck ging durch den Schlauch, es sprühte, ich schlug die Hände vors Gesicht, zu spät.

Wir waren gut vorangekommen. Aber da war es schon wieder aus. Wir mußten im Kreis gegangen sein. Solange das nur eine Vermutung ist, kann man froh sein. Wir stießen auf Reste von Lagerfeuern. Das müssen nicht unsere eigenen gewesen sein. Die Steine waren noch heiß. Unsere Pferde hatten wir längst gegessen. Keiner sagte: kehren wir um. Jeder dachte es. A. litt unter Durchfall. B. hatte Fieber. C. verlor Zähne. D. fror. E. hatte Bauchkrämpfe. F. spuckte Blut. Ich war am schlimmsten dran. Der Briefträger brachte praktisch nur noch Reklame. Sollten wir unsere Papageien schlachten? Die Regenzeit hatte begonnen. Wir säbelten uns den Weg durchs nasse Grün. B. schaffte sich einen Farbfernseher an; er kriegt alles billiger. Die Gesünderen unter uns flüsterten immer häufiger. Eines Morgens waren sie weg. E., F. und ich waren allein. Wir standen nicht mehr auf. Nach mehreren Tagen kamen die anderen. Aber sie kamen nicht aus der Richtung, in die sie gegangen waren. Sie waren überrascht, uns zu sehen. Jetzt waren sie erschöpfter als wir. Wir nahmen ihnen ab, was sie noch hatten, ließen sie liegen und zogen los. Frau B. sagte, kommt doch herein. Sie machte uns Tee. Ich blieb die Nacht dort. Am nächsten Tag schien zum ersten Mal die Sonne. Überall lagen tote Fische herum. Ich preßte ein Papiertaschentuch gegen die Nase. In der Gegend des Südbahnhofs sah man ein Feuerwerk in den hellen Himmel steigen. Wir begegneten den Streikenden. Sie wandten sich angeekelt ab. F. sagte: Wenn ich eine Frau wäre, würde ich einen Arbeiter heiraten. In Biebrich war ein Fest. Man trug Kranke weg. Da die Villa hinter hohen Hecken liegt, konnten wir unbesorgt sein. Alle wollten wissen, wie es uns ergangen war. Dunkelblaue Vorhänge an jedem Fenster. Unsere ungewaschenen Hände wurden bestaunt. Der Hausherr fragte, ob wir unter Insekten zu leiden gehabt hätten. Als wir das verneinten, läutete ein Telephon. Der Mann, der mit den Fahnen hereinrannte, war ein Setzer. Ich fragte laut: Warum haben Sie A., B., C. und D. nicht eingeladen? Die Antwort ging im Geprassel des Kaminfeuers unter. Nachher, wieder im Garten, suchte die Hausherrin meinen Blick. Ich verschwand hinter einem Essigbaum. Auf dem Fluß näherte sich ein weißes Motorboot. Es trieb. Ich bemächtigte mich seiner. So entkam ich. Nachts zündete ich Lampions an. Als ich beschossen wurde, löschte ich die Lampions wieder. Seitdem treib ich im Dunkeln. Am Tag treib ich an kleineren Booten vorbei, in denen Leute sitzen, Lesebücher in den Händen.

Das war ein Umweg. Ich bin noch nicht zurück. Aber ich kenne mich wieder aus. Es ist Herbst. Egal. Selbst

im Winter mit hohem Schnee würde ich mich hier aus-
kennen. Diese Gegend kenne ich aus jeder Jahreszeit.
Ich könnte nicht sagen, jetzt, nach diesem Hügel kommt
das und das. Aber wenn ich auf dem Hügel angekom-
men bin und schau hinaus, dann sag ich: Ja, ja, das ist
es, dieser Bach, die Erlen, jawohl, bekannt, bekannt,
weiter, Mut, das kann nicht mehr so weit sein. Der
Umweg hat mich runde 20 Jahre gekostet. 23 Jahre.
Ich bin nicht mehr gesund. Wenn ich jetzt die Gegend
anschaue, die geradezu verglüht im Herbst, dann muß
ich sagen: Schade, daß ich nicht früher zurückfand hierher, hier wäre es schön gewesen in der Zeit, in der ich
noch ... Meine tägliche Strecke wird immer kleiner.
Genau genommen, muß ich nach jedem Schritt eine
Pause machen. Das ist lästig, aber nicht schlimm. Wirklich unangenehm ist mir nur, daß die Leute sich nach
mir umdrehen. Als hätten sie noch nie einen Menschen
gesehen, der nach jedem Schritt eine Pause machen
muß. Leute, Leute, ich bitte euch. Das Dümmste ist,
daß ich, wenn ich nach jedem Schritt eine Pause machen
muß, sofort zu gähnen beginne. Es reißt mir einfach
den Mund auf, ich kann nichts dagegen tun. Daß die
Leute sich nach mir umdrehen, weil ich nach jedem
Schritt eine Pause machen muß, wäre erstaunlich,
eigentlich kaum zu verstehen, aber daß sie mich anstar-
ren, weil ich in der Pause, die ich nach jedem Schritt
machen muß, unweigerlich auch noch ausgiebig gähnen
muß, ist eher verständlich, eigentlich nicht übel zu nehmen. Ich kämpfe. Mit mir. Da gibt es keinen Sieger.
Auch will ich mit meiner Freude allein bleiben. Hier
kenn ich ohnehin keinen mehr. 23 Jahre. Hochhäuser
gab's damals noch nicht in dieser Gegend. Ich bin also
auf Kirchtürme angewiesen. Auch wenn zuerst hinter

Waldwänden sich das Hochhaus meldet. Es bewirkt nichts bei mir. Ich seh's zum ersten Mal. Ich seh es nicht. Ich bestelle ein herbstliches Getränk. Rauschend. Ich zittere. Das verberge ich. Das muß ich verbergen. Vor der Bedienung und den Leuten. Ich kicke keinen Pilzkopf ab. Meine Sohle hebt sich nie höher, als eine Handbreite über den Grund. Mein größter Irrtum ist natürlich die Einbildung, ich sei hier unbekannt geworden und kennte auch keinen mehr. Es stinkt nach alten Hunden. Fahnen wehen. Was wird aus uns, Psaphon? Nicken, schweigen.

Zweige beiseite. Ich schaue hinaus. Das Tal dampft. Der See auch. Ich krieche durchs nasse Gras. Bis ans Ufer. Die Kiesel scherben. Ich lege mich einen Augenblick ins Wasser. Es ist nicht kalt. Dachte ich doch schon den ganzen Vormittag, es müsse August sein. Ich lasse mir Wasser durch den Mund spülen. Ich richte mich auf. Gurgle fröhlich. Ein Schlag wirft mich. Ich bin schon ganz schön dumm, wirklich. Das müßte ich eigentlich wissen. Also marsch, zurück, den Kopf dicht am Boden, lieber das Gesicht durch Scheißfladen schleppen, als diese harten Schläge in den Nacken, auf den Kopf. Das Blöde ist nämlich, daß man durch jeden dieser Schläge blöder wird, also immer weniger fähig, vorsichtig zu sein, am Boden zu bleiben. Ich merke das, kann es mir aber nicht klar machen. Auf halbem Weg richt ich mich wieder auf, will – weiß Gott warum – einen Augenblick pfeifen. Batsch. Da krieg ich ihn schon. Na ja, so überraschend das ist, so wenig sollte es mich überraschen.

Grund genug, den Kopf zu heben aus dem Dreck. Aber ich schaff es nicht. Ich hasse weiter, blind und direkt, infantil. Es kommt mir zu anstrengend vor, Schlüsse zu ziehen aus allem. Der Dreck ist eben doch sehr warm. Er brennt sogar auf der Haut. Angenehm ist das nicht. Aber ich krieg den Kopf nicht hoch. In den Ohren ... ich höre das Dreckwasser ganz nah glucksen. Mund zu. Durch die Nase atmen. Das linke Nasenloch ist verstopft. Freibohren kann ich's nicht. Meine Hände sind irgendwo tief im Dreck; es gibt nichts mehr, womit ich sie abwischen könnte. Vielleicht läuft meine Nase bald. Ich muß es hoffen. Das wäre schön, wenn mir jetzt der Rotz aus der Nase rinnen würde. Über die Lippen, das Kinn, in den Dreck. In diesen schwärzlichen, fast blauschwarzen Dreck. Zu dieser Farbangabe fühl ich mich verpflichtet wie zu einem Verrat. Andererseits erkenne ich mich an solchen Handlungen wieder, und daran muß mir endlich gelegen sein.

Was ich heute in Gang setze, mach ich morgen wieder rückgängig. Das ist jedes Mal mit hohen Telephonkosten verbunden. Aber noch teurer wär es, sowas nicht rückgängig zu machen. Es gar nicht erst in Gang zu setzen, ist mir leider nicht möglich. Ich kann nicht den ganzen Tag sitzen, das Telephon vor der Nase, und kein einziges Mal die Hand ausstrecken, den Hörer abnehmen, wählen, wählen, durchwählen, *Jaa* ... wollt ihr nicht in der nächsten Woche zu uns, ach warum nicht schon morgen, warum soll man immer so lange warten, ach macht doch, kommt doch einfach schon morgen ja? prima! also! Dann muß ich am nächsten Morgen um 6/45 Mimi wecken, denn um 7/15 Uhr würden die aufbrechen, Mimi muß denen sagen: Denkt nur, Gallistl ist erkrankt, noch gestern abend, kurz nachdem er mit euch telephoniert hat, ja, schon ziemlich schlimm, wir wissen noch nicht, der Arzt rätselt noch, also entschuldigt, bitte. Wenn Mimi aufgelegt hat, werde ich, wenn auch nur für Minuten, richtig übermütig. Mimi, ruf ich, wenn die gekommen wären, stell dir das vor, diese Einmarschgewohnheiten, diese Verhörgewohnheiten, diese Durchschaublicke, und dann doch noch diese Nachsicht, diese Milde, Mimi, dieses ganze hervorgekehrte Freundlichkeits- und Freundschaftsvolumen, mein Gott, ich muß wahnsinnig gewesen sein gestern, daß ich dachte, das wäre auszuhalten. Stell dir vor, unsere erstorbene, halbdunkle, dumpfe, erdrückte Wohnung, und darin: wir zwei, Mimi, unsere Lebensart, trotz der Kinder u.s.w., aber wir haben doch unsere Lebensart, etwas unheimlich, trotzdem, und dann dieser Auftritt, dieses aufleuchtende Gesocks, pfui Teufel. Mimi, wo bist du? Der D. ist besser als ich, das sagt ihm jeder, also weiß er es auch, er soll mir nicht hereinkommen und so tun, als sei er der einzige, der es noch nicht gehört hätte, daß er besser ist als ich. Er weiß es. Und seine Frau weiß es am allerbesten. Jungejunge, hat die'n gnädigen Blick für uns. Entweder transformiert sich bei ihr die von allen attestierte Überlegenheit ihres Mannes in eine moralische Überlegenheit des Ehepaars D. über uns, oder sie sagt sich (ihren Blicken nach zu schließen): Daß mein Mann besser ist als du, das ist nicht so wichtig, solche Überlegenheit wäre kein Grund, auf euch herabzusehen, überhaupt nicht, wir, mein Mann und ich, sind ja überhaupt nicht moralisch überlegen, aber ihr seid in einer Weise moralisch minderwertig, und zwar als Familie, daß wir einfach gezwungen sind, euch ein wenig, na ja, doch schon ziemlich stark von oben anzusehen, ihr seid eben doch ein bißchen ein Gesindel. Ach ja, ja, ja, sie hat recht, wir sind ein Gesindel. Aber dann laßt uns doch in Ruh. Lassen sie ja, ich war's ja, der sie anrief, sie anflehte, doch schon morgen zu kommen. Das einzige, was ich zu meiner Entschuldigung anführen kann: Ich habe noch rechtzeitig dafür gesorgt, daß sie nun doch nicht kommen. So ist alles wieder in schönster Ordnung. Gott sei Dank.

Ausgerechnet in meinem Fall sollten sie sich irren. Das kann ich nicht hoffen. Es ist so: ich habe ohnehin keine Lust mehr. Mimi geht an die Tür, ans Telephon. Ich will ja nicht beleidigend werden. Eine Schuldfrage gibt es auch nicht. Ich wenigstens sehe keine. Am besten ist es, wenn Möglichkeiten vermieden werden, wenn es erst gar nicht soweit kommt. Meine Freunde tun zwar so, als ließen sie sich nur sehr ungern von Mimi abweisen. F. gelingt es sogar, Mimi herumzubringen. Wahrscheinlich mit Hilfe seines Fernseh-Charmes. Sie glaubt ihm tatsächlich, daß er unbedingt mit mir sprechen will. Sie läßt ihn nicht herein, das nicht, ich habe ja gesagt: unter *keinen* Umständen. Aber wenn sie ihn weggeschickt hat, schlurft sie bis unter meine Tür und sagt: F. meint es wirklich gut mit dir. Also blöder kann eine Frau nicht mehr daherreden. Gefährdeter kann sie nicht sein. Ihr Zusammenhang mit mir ist vielleicht schon nicht mehr existent. Vielleicht hängt sie mit mir nur noch äußerlich zusammen. Sie macht sich Ansichten meiner Freunde zu eigen. Warum haut sie nicht gleich ab und wäscht denen die Windeln. Mir scheint, ich hätte nichts mehr mit ihr zu schaffen. Ich glaub, ich pfeif auf sie. Und Schluß wär's.

Schau, wonach soll ich denn greifen in meiner Lage. Während der wärmeren Jahreszeit kommt immer wieder einer ans Fenster und legt mir was rein. Aufs Fensterbrett. Geld. Zigaretten. Aktphotos von Paaren bei der Paarung. Königskuchen. Lachsschinken. Datteln, Birnen, Nüsse und farbige Hemden. Es gibt, glaube ich, mehrere, die einander sehr gleichsehen. Daß es mehrere sein müssen, die so um mich besorgt sind, schließe ich daraus, daß einer auf den anderen fürchterlich schimpft. Jeder legt seine Gabe ab. Sieht, weil ich ja nichts (oder doch nur sehr wenig) davon wegnehme, was sein Vorgänger hingelegt hat, und fängt an, auf den zu fluchen. Wäre es denkbar, daß einer immer wieder kommt und dann auf sich selber zu schimpfen beginnt. Möglich wäre es schon. Menschenmöglich. Der Inhalt dieser Beschimpfungen könnte sich ebenso gut auf eine Person wie auf eine Gruppe von Personen beziehen. Allerdings müßte es sich dabei schon um eine Art Clique oder gar um eine Klasse handeln. Es wird da immer wieder vorgebracht, daß an diesen Gaben Blut und Tränen klebten. Abgepreßt seien sie einer armen Bevölkerung. Halbe Erdteile würden ausgeplündert, daß mir das ans Fenster gelegt werden könne. So geht das fort. Allmählich muß ich glauben, daß – egal ob nun mehrere beteiligt sind oder nur einer kommt und schimpft – einfach die Gaben verflucht werden müssen. Meine Wohltäter sind vielleicht gar nicht die Verbrecher, die sie zu sein scheinen nach ihren Reden; sie haben ja das Gut, das sie den Armen abgepreßt haben, nicht für sich behalten, sondern mir gebracht. Nein, so doch nicht. Meine Wohltäter sind schon auch Verbrecher. Das sehe ich doch. Diese Bäcklein, diese arbeitscheuen Hände, diese Hemden, Krawatten, Nadeln, Ausdrucksweisen, dieses ungemein feine Lächeln, diese auch in der Wut noch edle Wortwahl, diese prima riechende Anzüglichkeit. Nein, nein, auch wenn es nur einer ist, er ist nicht weniger ein Verbrecher als ich, der ich mir all das hinlegen lasse und dann eben doch mal ein Häppchen nehme. Und auch mal einen Schein. Da, Mimi, das hab ich verdient, es geht aufwärts.

Ich möchte, bitte, den Herrn Bürgermeister sprechen.
Der Herr Bürgermeister ist heute nicht da.
Wann ist er denn wieder da?
Morgen.
Wann erreich ich ihn denn am besten?
Das weiß man nie.
Das weiß man nie? Sind Sie wahnsinnig. Ich glaube Sie sind wahnsinnig. Verstehen Sie mich. Verrückt sind Sie, einfach verrückt. Oder eine Sadistin. Sie prügeln abends ihre nackte Mutter, wenn ich Sie recht verstehe. Das kann mir egal sein, ja. Aber daß man sowas in einem so öffentlichen Amt beschäftigt. Ich lasse den Mut sinken. Ich kann nicht mehr. Ich weine. Hemmungslos. Ruft, bitte, einen Arzt.

Die 2. Hälfte des Tages ist sehr kurz. Aber mehr steht mir nicht zur Verfügung. Ich muß durch. Ich habe einen schlechten Drillbohrer, den ich notdürftig reparierte.

Die Luft ist miserabel. Das ist keine Luft mehr. Was kann unter diesen Bedingungen gelingen? Wahrscheinlich käme ich mit den Fingernägeln genau so weit. Ich klopfe gegen die Wand. Keine Antwort. Vielleicht schläft er. Oder er ist tot. Herr Rechtsanwalt, rufe ich. Mir tut alles weh. Ich werde langsamer. Aber aufgeben kann ich nicht. Ich schiffe ins Bohrloch, um es freizuspülen. Da kommen schon die Kinder. Sie schauen den Dreck an, den ich gemacht habe. Die Frau kommt. Sie schlägt die Hände zusammen. Über dem Kopf. Also ziemlich weit droben. Ich muß mit zum Abendessen. Ich kann nicht erklären, wie es zu dieser Sauerei und Zerstörung gekommen ist. Das tut mir leid, wirklich. Ich frage: Kennst du den Rechtsanwalt Autenrieth? Nein, sagt sie, nie gehört, warum? Na ja, laß nur, ich werde morgen drübertapezieren, sag ich. Du und tapezieren, sagt sie. Wir setzen uns. Sie sagt: Guten Appetit. Danke gleichfalls, sage ich. Die Kinder sagen nichts.

Schau, so einfach ist es auch wieder nicht. Ich lebe jetzt nur von anderen Giften als früher. Die früheren Gifte waren ein Genuß. Die Gifte, von denen ich jetzt lebe, sind praktisch auf dem Niveau von Medikamenten. Das ist nur eine von wirklich unzählig vielen Abwärtsbewegungen. Daß es so viele Jahre, so unheimlich viele Tage und Stunden ununterbrochen immerzu abwärts gehen kann, könnte die falsche Vorstellung erwecken von einer großen ursprünglichen Höhe. Das ist eben eine Bewegung, die nur in der Dimension der Zeit möglich ist: unendlich lang abwärts in endlicher Zeit und bei endlicher Höhendifferenz. Und zwar immer rascher abwärts, immer rasanter, reißender. Abnehmendes Licht. Ja, das schon. Und immer wärmer. Die Ausgangslage läßt sich genau angeben: Sonntagvormittag, Mitte Juni, jenes Wetter, das man, schon bevor man die richtige Vergleichsmöglichkeit hat, sofort und mit mehr Recht als man weiß *herrlich* nennt, im Stadtgarten, in der Nähe des Pavillons, in dem die Kapelle das Potpourri spielt, Freunde, Frauen, Mädchen, Kinder, glückliche Hunde, eine Zigarette, Süddeutschland. Wer glaubt schon, daß irgend etwas an diesem Tag von gravierender Bedeutung ist. Die Stadtgarten-Pavillon-Frauen-Kinder-Blüten-Szene scheint wie für immer auf dem Kamm der Zeitwelle schwanken zu dürfen. Und doch passiert nichts anderes, als daß diese Szene vom ersten Augenblick an zu sinken beginnt und im Lauf von 20 Jahren in spürbar zunehmendem Tempo ununterbrochen in Grund und Boden sinkt. In Dreck und Scheiße. Öl, Ekel. Undsoweiter. Ununterbrochen. Und mit immer noch immer noch zunehmender Geschwindigkeit. Und trotzdem dauert es 20 Jahre bis die letzten Blüten- und Kinderflore dieses Potpourris in Schimpf und Scheiße verreckt sind. Das ist sehr komisch. Da hätten wir ja gleich im Hochamt bleiben können.

Meine Lieblingsbeschäftigung. Wer ein gutes Gehör hat. Jedes Spinnenbein hör ich mit scharfem Klick oder mit scharrendem Ritsch auf den jeweiligen Grund treffen. Immer noch pedantisch. Und sei's mit Hilfe von Dragées. Vormittags zwei, nachmittags eins. Gehen Sie doch zum Arzt. Wer wird die Rosen schneiden. An meinen Schultern diese Kälteschalen. Wenn ich alles aufzähle, glaubt mir keiner. Zum Glück ist Mimi auch nicht mehr munter. Früher kam sie noch manchmal herein, warf mir was über die Schulter auf die Tischplatte, liebenswürdig. Ich hörte, daß sie einen Fuß nachzog. Lang-kurz-lang, so ging sie. Manchmal glaube ich noch, die Dreizehnjährige mit ihrem Ball zu hören. Abgesehen davon, daß die auch nicht ewig dreizehn geblieben sein wird. Meine Augen überziehen sich. Ich werde sie schließen. Ein Heil der Chemie. Das Größte ist doch die Chemie. Das Heiligste. Höchste. Das Menschliche. Vor allem als Pharmazie. Herrlich, herrlich, herrlich. Wenn das Mittel zu wirken beginnt. Jetzt schon. Ein Leben strömt ein, das mit mir nichts zu tun hat, zu dem ich nicht mehr fähig wäre, das ich hasse. Hoffentlich kommen alle, die jetzt noch unterwegs sind, gut heim.

Schau, jemand arbeitet für mich. Ich hüte mich, genauer nachzufragen. Am liebsten wäre es mir, wenn viele für mich arbeiten würden. Dann würde jeder, der für mich arbeitet, nur ein bißchen für mich arbeiten. Aber leider arbeitet, glaub ich, hauptsächlich Mimi für mich. Wenn ich lange nichts von ihr höre und sehe, muß ich annehmen, daß sie in der Stadt ist und für mich arbeitet. Ich muß sogar annehmen, sie leiste Handarbeit. Etwas anderes hat sie nicht gelernt. Das ist nicht meine Schuld. Aber es wirkt sich natürlich auf meine Stimmung nicht günstig aus, wenn ich hier sitze, in mich versunken, und denke: Mimi leistet jetzt Handarbeit. Abends schreibt sie oft wie wild auf der Schreibmaschine. Wenn sie die Kinder im Bett hat. Es muß wahnsinnig anstrengend sein für Mimi, das ist klar. Manchmal kann ich mir einfach nicht mehr vorstellen, wie sie das aushält. Denn Mimi ist kein Riese. Es kann ihr nicht leicht fallen, mich zu ernähren. Jetzt, im Dezember, stellt sie mir zusätzlich noch einen Saft herein, den sie selber aus Karotten, Roten Rüben, Sellerie und Äpfeln gewinnt. Sicher ist mit dem Wort *gewinnen* die Art und Weise, wie sie zu diesem Saft kommt, nur sehr unvollkommen bezeichnet.

Schau, neulich hatte ich die Idee, in meinem Zimmer einen Turm nur aus Büchern zu bauen. Vier Lexikonbände als quadratisches Fundament. Darauf Lage um Lage, eben und fest. Dann stieg ich auf einen Stuhl, dann stellte ich den Stuhl auf einen Tisch, kurz vor der Decke hörte ich auf. Ich wollte den Turm ja freistehend haben. Als ich wieder am Tisch saß und zum Fenster hinausschaute, empfand ich es angenehm, den Turm im Rücken zu haben. Sogar spannend. Wird er halten? Ich brauchte alle Kraft, um nicht umzuschauen. Plötzlich rutschte, stürzte, polterte es hinter mir. Ich konnte mich eine ganze Zeitlang nicht rühren. Vor Schreck. Ich kann mich auch jetzt immer noch nicht umdrehen. Abends kam Mimi herein, fing an, sich einen Weg zu bahnen. Sie räumt jetzt jeden Tag einige Bücher zurück in die Regale. Ich kann es nicht. Ich kann es einfach nicht. Ich bin nicht so fix. Sei es, daß der Schreck mir noch zu tief in den Gliedern sitzt. Meine Arme frieren. Wenn ich mich nicht bewege, spür ich das weniger. Beweg ich mich, schmerzt jede Stelle, an der die Kleidung auf die frierende Haut trifft. Ich darf mich vorerst einfach nicht mehr bewegen. Selbst in meinem Kopf darf sich nichts rühren. Ich muß mich deshalb auch hüten, allzu genau darüber nachzudenken, was Mimi tut, das ist ja klar. Im Weltmaßstab bin ich gerechtfertigt. Ich rauche nicht, fahre nicht Auto, belege keinen Flugzeugplatz, d. h. durch meine gesamte Bewegungslosigkeit und meine durch die Umstände immer schwächer werdende Atmung verbrauche ich sicher weniger Sauerstoff als irgend ein anderer Mensch. Und zugrundegehen wird unsere Welt ja an nichts als an Sauerstoffmangel. Also nicht an mir.

Schau, es wird jetzt kaum noch hell. Ich weiß, es ist Dezember. Ich lese doch Zeitungen. Eine Frau kam aus Spanien, um die Fenster zu putzen. Sie geht um mich herum. Ich gebe nicht zu erkennen, daß ich noch lebe. In mich versunken, sitze ich da. Das nasse Zeitungspapier, das sie zum Fensterputzen benutzt, quietscht, wenn sie damit das Glas reibt. Ihren Sohn stellt sie hinter mich. Er schreit, solang sie putzt. Ich rühre mich nicht. Sie steht direkt vor mir auf dem Fensterbrett. Es wird durch das Fensterputzen nicht heller. Ich wußte es doch. Mimi, warum also. Wenn ich vor etwas Angst habe, dann vor Helligkeit, Frühjahr u.s.w. Wenn ich ein Physiker wäre, würdest du mir dann auch eine Frau aus Spanien den Vormittag lang vor's Gesicht stellen und den schreienden Sohn in den Rükken, ja? Schau, ich sitze hoch im Winter im allerhöchsten Tibet und habe höchste Zeit. Die Wände fallen steil ab. Wenn jemand heraufkäme über den einzigen Pfad, dann sähe ich ihn. Es gibt keinen Nebel hier, nur klare Tage, klare Nächte. Ich schreibe bis zur Erschöpfung an dem Buch über das, was vorfällt. Natürlich schreibe ich auch über die Hunde. Das ist mein Auftrag. Davon leben wir. Ich habe mich vorher leider nicht um Hunde gekümmert. Jetzt kümmere ich mich fast nur noch um Hunde. Hunde in großer Höhe. So heißt mein Thema. Ja, ist denn das nichts. Offenbar interessiert das. Ich bitte dich und die Kinder, haltet mir das doch zu Gute, daß ich diesen Auftrag habe. Sowas wird doch nicht nur dem Mutwillen entsprungen sein. Hunde bei extremen Temperaturen. So nenne ich mein erstes Kapitel, über das ich noch nicht hinausgekommen bin. Die Bindehaut der Hunde unter starkem Lichteinfall. Darüber schreibe ich im Augenblick. Es ist erstaunlich, wie interessant etwas werden kann. Auch Fische. Um über Fische zu schreiben, müßte ich irgendwo anders schreiben. Vielleicht in Neapel. Oder in Florida. Dagegen eignet sich Tibet oder eine ähnlich hochgelegene Gegend sehr gut, um über Hunde zu schreiben. Ich singe zwar nicht während der Arbeit, aber ich seufze auch nicht, ich atme ganz bewußt, die Luft ist dünn, der Sauerstoff knapp, ich glaube, Hunde würden sich hier heroben nicht sehr wohl fühlen. Ich wenigstens kann es mir nicht vorstellen: das Herumtollen und Kreuzundquerrennen der Hunde in dieser dünnen Luft. Deshalb würde ich, wenn ich mich direkt an Hunde wenden könnte, Hunden zurufen: Hunde, meidet große Höhen. Wer stößt denn jetzt diese lauten langgezogenen Schreie aus. Ich weiß es nicht. Es ist weder ein Hund, noch ein Mensch. So sehr wir Hunde oder Menschen hier oben vielleicht Grund zu haben glauben, laute langgezogene Schreie auszustoßen, so sehr fehlt uns Hunden oder Menschen hier oben einfach die Luft für laute langgezogene Schreie. Mehr als ein Wimmern hat hier noch kein Hund und kein Mensch zustandegebracht. Und das ist gut so. Insofern ist das hier genau der richtige Aufenthaltsort, um in

Ruhe zu schreiben. Denn wenn man wüßte, diese lauten langgezogenen Schreie stammten von einem Menschen oder von einem Hund, da könnte man als Mensch nicht mehr in Ruhe über einen Hund schreiben. Stimmt's, Mimi? Bitte, sag doch den Kindern, wenn sie harte Gegenstände gegen einander werfen, sollen sie nicht auch noch solche Schrecklaute ausstoßen. Ich weiß ohnehin nicht, stößt die der aus, der wirft, oder der, der getroffen wird. Ich bringe alles durcheinander und stelle es mir dann schlimmer vor als es ist. Obwohl das, wenn du an gestern denkst, schwer möglich ist. Ich meine damit nicht die Lautstärke und den Schrekken, sondern den Haß, den diese Kinder gegen einander empfinden müssen. Sonst könnten sie die Schläge, die sie gegen einander führen, nicht so gründlich planen. Insofern hat der schreiende junge Spanier, den du mir heute in den Rücken gestellt hast, mir sehr geholfen: ich habe drei Stunden lang nicht gewußt, ob hinter mir die Ruhe herrscht, die den Schlägen vorausgeht oder ob schon das Geschrei und Wimmern angefangen hatte, das den Schlägen folgt. Da ich für diesen jungen Spanier nicht gradestehen muß, kann ich sein gleichbleibendes Geschrei in aller Ruhe anhören. Ich danke dir. Für heute.

Schau, wenn du nicht mehr willst. Schläge, verstehst du, zu viel Schläge. Ich geh nicht mehr hinaus. Die versuchen jetzt einzudringen. Gelingt denen sicher noch. Mehr Fliegen als Ameisen. Wenn das so weiter geht. Der Telephonhörer hängt reglos hinunter. Staub. Im Mund. Ich liege noch nicht. Ich sitze noch. An meinem Tisch. Das helle Blaugrau meiner Augen dürfte noch ziemlich gut erhalten sein. Also. Heute haben sie wieder einem meiner Kinder so einen Zettel mitgegeben. Da die Kinder lesen können, zumindest lesen gelernt haben, wär es mir lieber, die würden ihre Beschimpfungszettel in Couverts stecken. Was soll eine 14jährige denken, wenn sie liest: Gallistl, du stinkst, dein Charakter stinkt, alle deine Werke stinken, deine Existenz stinkt, wie hältst du das nur aus? Wir, die wir im Leben stehen und unseren Mann stellen oder als Frauen unsere Pflicht tun, wir werden trotz der vielen Pflichten, die wir schon übernommen haben, noch freiwillig die Pflicht, dich zu überwachen, auf uns nehmen, das sollst du wissen. Das Bürgerkomitee. Heute dies. Gestern der Zettel von einer sozialdemokratischen Intellektuellengruppe. Ich hab ihn, glaub ich, verloren. Den gaben sie einem achtzehnjährigen Sohn mit ... Fürchterliche Anklagen. Zitate aus Zeitungen. Gegen mich gerichtete Zitate. Plötzlich werde ich mit einer Art Bekanntheit meiner Person konfrontiert, von der ich keine Ahnung hatte. Eine grauenhafte Bekanntheit. Man hat alles entdeckt, was ich je dachte. Man ist jedem meiner Pläne auf die Spur gekommen. Man hat alle meine Absichten bloßgelegt. Man hat alles beim richtigen Namen genannt. Dadurch ist eine Nichtsnutzigkeit meinerseits zutage getreten, die mich selbst erschreckt hat. Und ich müßte mich doch einigermaßen gewohnt sein. Eine hedonistisch-bürgerlich-literarische Ambition wird mir da nachgewiesen, die nicht mehr statthaft ist. Ich habe mir das nie so klar gemacht, wie es jetzt offenbar in der hiesigen Zeitung und in Zeitungen der näheren Städte zu lesen ist. Meine Freunde haben sich Mühe gegeben. In mir war alles mehr im Zustand der Dunkelheit, des Willens, des Drangs oder einfach der Notwendigkeit. Aber wie ich es in Wirklichkeit gemeint habe, und wie sowas vom Standpunkt des Anstands und der Ästhetik und der Politik und der Gesellschaft aus anzuschauen ist, das kann ich jetzt aus den Zeitungssätzen entnehmen, die sie ausschneiden, aufkleben und mir hereinschicken. Am meisten beeindruckt mich der Grad der Empörung, der Entrüstung, des Unmutes, des Abscheus, der in diesen Sätzen noch zittert. Es handelt sich in keinem Fall um ruhige Darlegungen. Immer ist Zorn dabei, die geschwollene Ader, der tief herabgezogene Mundwinkel, das schaudernde Auge. Und ich weiß nicht, was ich tun soll. Wenn ich denen recht gebe, muß ich mich sofort umbringen. Nicht zu Ende lesen darf ich dann. Wenn ich mich aber nicht sofort umbringe, ist das ein deutlicher Versuch, jedem dieser Sätze zu widersprechen. Eine ungeheure Kühnheit ist es. Ich behaupte damit, jemand wie ich dürfe auch leben und zwar so, wie er lebt. So muß es auf meine Bekämpfer wirken. So ist es aber nicht gemeint. Ich habe nur zu allen anderen, sattsam bekannten und jetzt bloßgelegten Schwächen auch noch die, daß ich zu schwach bin, mich selbst umzubringen. Das wollte ich doch gesagt haben, um nicht durch mein bloßes sinnloses Amlebenbleiben den Eindruck zu erwecken, ich sei ganz und gar schwerhörig, oder ich fühlte mich gar im Recht, oder ich wollte noch irgend etwas beweisen. Das will ich nicht.

Ich ducke mich. Ich jucke mich. Ich schreib einen Aufsatz über mich. Von hellen Glocken, die schwingen werden. Ich überlasse mich. Ich gerate in Bewegung. Weg von euch. Weg, weg, weg von euch. Ich will nichts

verfährt elitär, zu deutsch: Er wählt aus. Und so ein auser-
wählter Autor ist Martin Walser. Oft genug hat er nicht
recht bei dem was er schreibt. Aber *wie* er solches »Unrecht« begeht! Man möchte, zumindest als Leser, immer
noch lieber so unrecht behalten wie dieser blendende Walser, als recht haben wie ein ideologisch präzis programmier-
ter Texter, der nicht schreiben kann, jedoch soziologisch
in Ordnung wäre.«   Edwin Hartl in: *Die Presse* (Wien)

»(. . .) ein wunderbares, klares Deutsch von einer oft He-
bel'schen Geradheit, Anschaulichkeit – und Empfindsam-
keit.«   *Wiesbadener Kurier*

»Viele bürgerliche Leser werden dieses ›Happy End‹ als
billige Patentlösung abtun. Aber gerade hier liegt das große
Verdienst von Walsers Krankheitsanamnese: Es gelingt
ihm, die Position von Camus in *La Chute* (und die Position der zahllosen Nachahmer dieser meisterhaften No-
velle) zu überwinden – aus dem schon oft diagnostizierten
Malaise entwickelt er konsequent (und nicht in einem Kurz-
schluß) aufgrund einer sorgfältigen Herausarbeitung der
Analyse eine mögliche, vielleicht die einzig mögliche Therapie. Nicht diese Therapie, sondern die bürgerliche Angst
vor jeder patent-verdächtigen Lösung ist billig und feige.«
                    Christoph Geiser in: *Badener Tagblatt*

Pressestimmen zu
Martin Walser
»Die Gallistl'sche Krankheit«

»Walsers Exempel ist außerordentlich durchdacht und streckenweise hinreißend geschrieben. Er versteht zu locken, weiß, wo wir anfällig sind. Die sich gegenläufig korrigierende Verbindung von Theorie und konkretisierender Beschreibung ist bei ihm zu einer neuen Einheit geworden, zu einem Modell. Sein geglücktes Experiment läßt nicht nur Fragen offen, es fordert sie.«

Klaus Podak in: *Stuttgarter Zeitung*

»Das alles sitzt, es zeigt eine Meisterschaft in der Reduktion, der produktiven Verminderung, wie sie – und hier dürfen wir unsere Annahme vom unbekannten Autor Walser wohl aufgeben – diesem Erzähler bis dahin nicht vergönnt gewesen ist.«

Günter Blöcker in: *Frankfurter Allgemeine Zeitung*

»›Es wird einmal‹, lautet die Überschrift zum vierten und letzten Kapitel dieses Entwicklungsromans eines Innenlebens. Und: Es ist einmal so, daß uns Lesern auch in der zweiten Hälfte des 20. Jahrhunderts noch immer eine Lektüre zusagt, die glänzend geschrieben ist, egal, ob wir mit dem Inhalt einverstanden sind oder nicht. Mögen extrem progressive Autoren und deren Theoretiker solchen Glanz als ästhetisch verunzieren, als kulinarisch abwerten, als Opium zur Vernebelung harter gesellschaftlicher Notwendigkeiten verdächtigen, das eine bürgerliche Machtstruktur verzapft, um ihre Hörigen von den Zwängen abzulenken, denen sie dauernd unterliegen – es gibt trotzdem für enragierte Leser nach wie vor nichts geistig Amüsanteres als ein stilistisch hervorragendes Buch. Zugegeben, ein elitäres Prinzip (heute vielfach perhorresziert). Ja der gute Leser mehr hören. Wenn's nach mir geht, haben wir nichts mehr mit einander zu tun. Ich ziehe mich in ein Tal zurück. In ein hohes hallendes grün aufwogendes schutzreiches rauschendes Tal. Bäume, Bäche und Tiere und Menschen, die mir nicht von euch erzählen werden, weil ihr keine Gelegenheit hattet, sie abzurichten. Ich weiß nur noch nicht, wie ich aus der Stadt rauskomme. Wie komme ich fort von euch? Unter einem harmlosen, nicht verfolgenswerten Vorwand. Mit einem Lächeln. Ich traue mir einfach die Leichtigkeit nicht mehr zu. Wenn einer von euch herübergrüßt, gerat ich gleich ins Schreien. Die riesige Kraft, die zur Unauffälligkeit nötig ist, fehlt mir. Eine Stockung, und ich greife zum Stein. Nachts, als Beifahrer, komm ich wahrscheinlich am besten hinaus.

Ich rieche. Ich weiß nicht, wonach. Aber neuerdings fall ich mir durch Geruch auf. Vielleicht hatte ich schon immer diesen Geruch an mir, bemerkte ihn aber nicht, weil mir nie der Kopf so weit nach vorne auf die Brust sank. Neuerdings sinkt mir immer öfter der Kopf so weit nach vorn, dadurch hängt meine Nase bis fast auf meinen Körper. Seitdem rieche ich mich. Und ich muß sagen, ich rieche nicht gut. Und ich muß sagen, ich rieche diesen Geruch nicht ungern. Er hat etwas von Gemüse und Verwesung.

Zum Glück spür ich schon einen Riß. Das kann kein Irrtum sein. Man sieht mir, glaub ich, noch nichts an. Deshalb muß ich annehmen, jeder könnte den gleichen Schaden mit sich herumtragen. Ich habe also keinen größeren Schaden als jeder andere möglicherweise auch. Sollten tatsächlich alle genau meinen Schaden haben – was einfach ein bißchen unwahrscheinlich ist –, dann wehe dir, Welt, dann faulst du an einem bestimmten, nicht allzu fernen Tag rapide zusammen. Dann wälzen sich also in absehbarer Zeit im Morgengrauen eines Apriltages ein paar Milliarden Menschen und keiner kann mehr dem anderen helfen, grad, daß sie einander noch Blicke zuwerfen wie auf den alten Sintflutbildern, diese innigen, schmerzlichen Blicke, und dann hat sich der Schwindel, das Weh und das Zucken. Dieses blödsinnige Zucken, das stört mich am meisten.

Wer steht denn vor dem Haus? Und die Dunkelheit nimmt zu. Daß man immer noch soviel sieht, muß einen wundern. Andauernd wird es dunkler, seit mehr als 4 Jahren schon, und trotzdem sieht man noch alles, bloß daß es eben dunkel ist, also farblos und schwer; drohend, sozusagen. Wahrscheinlich haben sich unsere Augen ganz allmählich an das weniger werdende Licht gewöhnt. Wir sehen soviel wie immer. Nur daß alles eben dunkel ist. Von dunklem Einschlag. Oder von Dunkelheit durchdrungen. Oder Dunkelheit ausstrahlend. Das bringt eine Monotonie zustande. Die ist nicht zu widerlegen. Von keinem Theoretiker. Früher hätte man gesagt: dieser Zeit fehlt es an Größe oder sonst was. Ich glaube, es fehlt einer Zeit nie an etwas. Es fehlt ihr etwas, das schon. Aber das will ich nicht vor mich hin murmeln, das weiß jeder, der heutzutage lebt. Ich habe meine Schwierigkeiten. Jeder hat seine Schwierigkeiten. Wir können uns nicht mehr so leicht helfen. Uns könnte man dagegen leicht helfen. Man müßte uns nur eine andere Tätigkeit ermöglichen. Und wir müßten fröhlich damit einverstanden sein. Das kann ich mir nicht vorstellen. Da liegt der Hund begraben. Und stinkt schon. Vielleicht wird er im nächsten Jahrtausend auferstehen von den Toten. Das kann schon sein. Oh, das kann durchaus sein. Es kann wieder heller werden. Auch wenn wir uns das überhaupt nicht vorstellen können.

Jetzt am Ende reißen wir natürlich die Fenster auf, schreien nicht gerade hinaus um Hilfe, es ist uns aber durchaus recht, wenn Nachbarn oder Passanten Zeugen unserer fürchterlichen Schwierigkeiten werden. Na ja, es sind im Grunde genommen einfache Schwierigkeiten, wir, hier drinnen, können nicht mit einander leben. Wir sind in Gefahr, einander umzubringen. Wir können das offenbar nicht mehr abwenden. Ich wundere mich darüber, daß niemand eingreift. Von außen. Die müssen das alle hören. Wir können nichts mehr verbergen, dazu fehlt uns einfach die Kraft. Warum kommt nicht wenigstens die Polizei.

Das allerdings muß ich sagen: das Vage hat fast ganz aufgehört. Alles, was mit mir zu tun hat, ist jetzt von großer Bestimmtheit. Ich lege ein Buch zur Seite. Ich lasse meinen Kopf sinken, soweit er sinken kann. Da gibt es überhaupt keinen Zweifel. Ich schlage mit der Faust auf den Tisch. Ich ziehe mit dem Nagel des Zeigefingers meiner rechten Hand eine Linie durch die Tischplatte. Ich helfe mit dem Nagel des Daumens nach, die Linie zu einem Graben zu erweitern. Ich höre dem Läuten an der Haustür zu. Ich rühre mich nicht. Ich lasse eine große Träne über mein Gesicht rollen. Es ist für mich keine Frage mehr, ich bin ein Einzelfall. Inzwischen ist mir klar geworden, daß genau das eine Art Todesurteil für alles ist, was ich überhaupt denken und tun kann, eine Art Vernichtungsbesiegelung. Wäre ich wie alle anderen, verschwände ich zwar auch, aber ich verschwände im Leben. So verschwinde ich noch rascher, aber im Tod.

Wenn heute nichts im Fernsehen kommt! mein Gott, das wäre wohl eine Katastrophe. Wenn nichts Spannendes kommt heute, wenn heute kein Krimi kommt, in Farbe und mit Weibern, und nicht bloß so eine Folge aus einer Serie. Eine ausführliche Handlung, bitte. Genau gebaut. Mitreißend. Treppauf, treppab. Und Autofahrten. Wenn heute nichts dergleichen kommt. Ich darf gar nicht daran denken. Zum Beispiel, es käme lediglich ein Film über die schlechten Aussichten der Fünfzigjährigen auf dem Arbeitsmarkt. Ein Dokumentarfilm, mein Gott, das wär schrecklich. Oder etwas über Bildungsplanung. Nicht auszudenken. Könnte ich ins Kino gehen? Eben nicht. Kann ich nicht. Ganz unmöglich. Das ist nicht mehr drin bei mir. Es muß schon etwas im Fernsehen kommen. Das ist noch die einzige Möglichkeit. Ich kann natürlich jetzt anfangen zu essen. Dann eß ich 2, 3, 3 $1/2$ Stunden. Dann hat sich das auch. Länger als 3 $1/2$ Stunden kann ich nicht essen. Dann ist es erst acht. Dann hock ich da. Dann muß aber auch etwas im Fernsehen kommen. Bis viertel nach acht kann ich das Essen vielleicht noch dehnen. Aber dann ist es wirklich Schluß damit. Dann muß schon was im Fernsehen kommen. Sonst weiß ich einfach nicht mehr, wie weiter. Ich habe ohnehin das Gefühl, daß heute abend ein Toter in unserer Wohnung liegen wird. Eine Tote. Schmal und gerade, Hände neben dem Körper. Wir werden sie in das kleine Zimmer gleich neben der Glastür legen. Gut. Aber wenn dann nichts im Fernsehen kommt. Mein Gott. Ich weiß wirklich nicht, was dann werden soll. Lieber Gott, ich bitte dich, erhöre mein Gebet, gib, daß heute was im Fernsehen kommt, was Spannendes, bitte.

4. Es wird einmal

»Langsam aber sicher wird man mißmutig gegenüber dem eigenen Mißmut, der sich nun schon als stereotype Stimmung nach ein paar Tagen auf anscheinend jedem erreichbaren Filmfestival einstellt« (Alf Brustellin, Süddeutsche Zeitung). Allmählich liebt man die eigene Lieblosigkeit nicht mehr, die sich notwendigerweise bemerkbar macht, wenn man immer wieder an einem unserer Filmfestivals teilnimmt. Allmählich haßt man den Haß, der in einem erzeugt wird, weil man nichts tut als immer wieder an einem Festival teilzunehmen. Weil man mehr tun möchte als Filme über das anzu-schauen, wofür man mehr tun möchte, haßt man all-mählich den Haß, den man gegen sich empfindet, wenn man rasch viele solche Filme anschaut. Man haßt all-mählich den Haß gegen sich und die Filme, weil man spürt, daß man nichts tut als Filme anzuschauen und daß die Filme auch nichts tun. Man haßt den Haß gegen sich und das Festival, weil man aus Erfahrung weiß, daß man trotz dieses Hasses weiterhin nicht mehr tun wird, als Filme anzuschauen über das, was man ändern möchte, aber weder durch Filmeanschauen noch durch Filmemachen ändern kann. Man haßt sein schlechtes Gewissen. Weil es zu nichts führt. Und diesen Haß gegen das eigene schlechte Gewissen hält man für etwas. Was ist der wert für das, was man will?

Ich kann es nicht aussprechen. Jeden Tag versuche ich es. Aus mir kommt nicht heraus, was ich möchte. Das darf nicht heißen, daß das, was ich sagen möchte, gar nicht drin ist in mir. Es handelt sich nicht um einen Operettenstoff, nicht um ein Märchen, sondern um den Fall einer Trennung von sich selbst, die bei mir zu einer Ohnmacht mir gegenüber und zu einer gewissen Unwissenheit geführt hat, ja vielleicht sogar zu einer Inkompetenz. Ich werde mich schon wieder in die Hand kriegen. Ich kämpfe um mich. Zum Verzweifeln ist lediglich die Unmöglichkeit, diesem Kampf Ausdruck zu geben; das ist insofern etwas zum Verzweifeln, weil dieser Kampf eine Entwicklung nur haben kann, wenn er sich zur Sprache bringen läßt. Sonst suppt er. Danach müßte ich die Sprache aufgeben. Und mich dürfte man streichen wie einen total überflüssigen Satz im Alterswerk eines Boulevardautors. Bei diesem Boulevardautor verweilte ich gern. Aber ich muß auf den Kampfplatz. Diese ganze Ausdrucksweise ist ein ungeheuerlicher Mißstand. Diese stellvertretenden Bezeichnungen, dieses blindläufige Substitutionswesen. Von A bis Z Ersatz. Noch nicht eine Sekunde lang war ich es, der sich ausgedrückt hat. Immer nur... Immer... was heißt das *immer* und *nur*, was für Tierarten laufen da kreuz und quer, ein Betrieb ist das, ich versinke, ich bin versunken in der Tiefe eines Augenblicks eines grundlosen habe ich mich nicht zu Gesicht bekommen, was bekommen Sie, vierachtzig, machen Sie fünf, es freut mich, daß die Kellnerin keine Sekunde an mir gezweifelt hat, sie hat den Kaffee gebracht und den Kuchen, sie hat an mich geglaubt, das will ich jetzt auch versuchen. Jeder muß von sich reden und ich kann das nicht. Ich bin nicht danach. Von mir kannst du dir keine Scheibe abschneiden. Und in Schrecken der beliebten Art und die anheimelnde

Grauenhaftigkeit mag ich meine Angst und Klemme nicht mehr verwandeln. Ich will nicht herumröhren mit einem Kopfschuß und den fürchterlichen Förster, Fürsten und Flibustier spielen, dem eine Tante aus Chelsea jede Woche ein Tonband mit Todesröcheln schickt, das sie selber in der Lungenkrebsabteilung des Distrikthospitals aufnimmt. Nicht dieser Ausbau einer Krankheit zu einer universalen Tapetenfabrik die liefert und liefert und liefert ...

Ich habe keine Zeit. Oder keine Kraft. Es interessiert mich nicht, was ich tun könnte. Nicht einmal, daß es mir zugute kommen könnte, interessiert mich. Obwohl ich nur noch Bewegungen mache, um ein wenig weiterleben zu können. Aber eben nur die allernotwendigsten Bewegungen. Ich will nicht mehr mehr. Und wenn ich noch 24 Jahre hier sitzen müßte in mäßiger Wärme, Feuchtigkeit und Lärm, ich würde meine Lage nicht verbessern wollen. Nicht unter diesen Umständen. Ich habe eine Vorstellung von einer besseren Welt: Trokkenheit, Wärme, kaum Krach. Menschen, die gerne etwas tun. Nicht unter diesen Umständen. Nein, unter diesen Umständen nicht. Sofort wäre ich wieder an irgendeinem Betrug beteiligt. Wenn ich zurückblicke, so war alles eine dichte Folge ineinandergreifender Betrügereien der gängigen Art. Tomatenfarmer kann ich nicht werden, und selbst da müßte ich die Kundschaft betrügen, weil ich ja keinem sagen dürfte, womit ich dünge. Allerdings wäre ich müde abends und alles wär mir eher egal.

Die lächerlichen Angstausbrüche, die Feindseligkeitsorgien, die Apokalypserei, die Wehleiderei, die Schmutzerei, die Erhöhung der Weichteile, die Sucht, alle Verletzungen vorwegzunehmen, die Aussatzfarmerei, die mörderische Hygiene.

Jeder sitzt und schreibt: Mein Kopf zerspringt. Ich fahre, ohne anzuhalten. Ohne zu tanken. Ich verliere Blut. Habe mehr Blut verloren als je ein Mensch. Wie ich das noch schaffe, weiß ich nicht. Ich hoffe, ein Professorenteam wartet an meinem Ziel. Die Polizei würde mich sehr enttäuschen. Meine Herrn, die Wissenschaft. Dafür rutsche ich den Gletscher auf dem Hosenboden hinunter. Oft wirft es mich 30 m durch die Luft. Meine Knochen krachen und die Plomben scheppern, wenn ich wieder lande. Nur kein Mammutgeweih, das könnte mein Verhängnis sein. Verrat. Wir sind beim Film. Beverly Hills. Ach ja. Aber was sollen wir machen. Wir haben fast alle unsere Erfahrungen aus diesem Teil der Welt. Ich sinke vor dem Spiegel zusammen.

Sie kamen die Treppe herauf, es soll jetzt ja aufwärts gehen, wer sagt das, ich, ich will es, oder es wäre mir lieber, weil ich mit dem eingeklemmten Kopf nicht mehr leben kann, aber ob mir geholfen werden kann dadurch, daß mir geholfen wird, stell dir das einmal vor, der Druck wiche, nicht jeden Augenblick würdest du tief in den Dreck geprügelt, sag nicht, das sei dir egal!, seit sie meine Mutter umgedreht haben und weggetragen wie eine Statue, ist mir mehr egal als früher, früher schaute ja meine Mutter ununterbrochen zu von

ihrem erhöhten Standort, wenn sie mich prügelten, riß
es ihr den Mund auf, aber sie schrie nicht, genau so wenig wie ich, wir haben unsere Zeit durchlebt bis zum
Ende, ich bin übrig geblieben, finde wieder Geschmack
am Kaffee, auch gewisse Rotweine trink ich abends
aufmerksam, also es soll jetzt wirklich aufwärts gehen,
deshalb diese kräftigen Schritte auf der Treppe, keine
schnellen Schritte, feste Schritte im normalen Aufwärts-
Tempo, ich will's noch gar nicht glauben, aber bitte, nur
herein, mir ist schon alles egal, soll ich Wurst anbieten
und Käse, entschuldigen Sie, bitte, meine Frau, ich hatte eine, falls Sie einmal hinausrufen möchten, meine
Stimme ist entweder zu leise oder sie wirkt aus anderen
Gründen nicht mehr auf Marianne, Sie sollen bedient
werden, denn das ist schon einmal sicher, meine Herrn,
Ihr Erscheinen in diesem Zimmer macht einen retten-
den Eindruck auf mich, Sie sind Pankraz Pudenz, nicht
wahr, Sie sind Qualisto Queiros, Sie sind Rudi Rossipaul, Sie sind Sylvio Schmon, Sie sind Tanja Tischbein,
stimmt's, na also, ich bitte, Platz zu nehmen, ich bin
Josef . . . Georg Gallistl, ich hätte nie gedacht daß ich
meinen zweiten Vornamen noch brauchen würde, ich
finde übrigens, ich bin mit euch per Du, ohne große
Gewißheit, aber geradezu durstig schau ich euch an, ich
will nicht direkt ins Leben hinaus, aber ich freue mich,
daß ihr eingetroffen seid, es hätte schlimmer kommen
können, wenn ich auch noch nicht weiß, wie ich es euch
recht machen soll, aber schon daß ich das möchte, wärmt
mich ein wenig, ganz sicher hätte ich mir selbst nicht
mehr helfen können, dazu mußte schon jemand kommen, ich hatte mich aufgegeben, also was auch immer
ihr mit mir zuwegebringt: daß ich ein Zurückgerufener
bin, ein abgefangener Toter, eine zurückgepfiffene Lei-

che, ein Zomby, daran werde ich wahrscheinlich immer denken, ich hoffe das lähmt nicht euere Freude, euere Rettungslust und -energie, ihr sollt wissen, ich habe euch hergebeten, ich habe mir etwas gedacht dabei.

Ich glaube, wir trafen uns zum 1. Mal in Weinheim oder Heppenheim auf einer Tagung des »Fränkischen Kreises«. Nachts kamen wir nicht ins Bett, weil Pankraz Pudenz mit mir abrechnen mußte. Er machte sich laut lustig über mich und erzeugte dadurch rundum Gelächter. Jetzt stellt er sich öfter neben mich und wir schauen ein Panorama an. Und wenn es ein besonders schönes ist, fängt er unweigerlich von Moskau an. Da setzens jetzt Hubschrauber ein im Stadtverkehr, sagt er innig in die Stille hinein, dreht mir sein Gesicht voll zu und sagt: mit 40 Personen. Pause. Und wie breit der Gorkiboulevard sei. Und wenn er sich fortsetzt im Leningrader Prospekt wird er tatsächlich achtbahnig, aber mehr als drei Autolängen Abstand findest du da auch nicht mehr zwischen den Wagen und dann diese marmorne Metro, du kennst sie ja aus den Witzen, und das neue Puppentheater von dem Abrasszow, die reine Bibel, was die da spieln, von Adam und Eva, aber ganz genau, die Schöpfungsgeschichte, verstehst du, aber sie spielen's halt so toll, die ham ja sowas los mit ihren Puppen, wie da's Feuer brennt und's Wasser rauscht, wie's zum ersten Mal stürmt auf der Erde, daß sich die Bäum bloß so biegen, da tun dir Adam und Eva ganz schön leid, und der Clou ist dann, daß Gott einen schickt, sie sollen zurückkommen, er tät sie wieder aufnehmen, aber die sagen Danke nein, weil Eva nämlich schwanger ist, verstehst du, wir Kommunisten brauchen einfach Moskau, obwohl ihr denkts, weil wir Kommunisten sind, brauchen wir nichts Repräsentatives, gib doch zu, daß ihr das denkts, Kommunisten, denkts ihr, brauchen überhaupt nichts, einen Dreck brauchen die, wozu sinds denn sonst Kommunisten, als solche sind sie doch verpflichtet, Habenichtse zu sein, Niemande, Ausgepowerte, Übernächtigte, Schlaflose, Kettenraucher, Wartesaalfiguren, Zusammengesackte, ja?! und sobalds auch was ham, schreits ihr: das sind ja keine Kommunisten mehr, das sind ja Kleinbürger! Tatsächlich sind wir froh, daß wir die Sowjetmacht ham, verstehst du, da kann unsereiner hinfahren und sich auch einmal ausschlafen, und das Hotel ist eben aus Marmor und die Fremdenführerin sagt: das ist unser Fernsehturm, 536 Meter, unser neues Stadion, das Leninstadion, 140000 Leute gehen da hinein, der Puschkinplatz, das Denkmal für die beiden Bürger am Roten Platz, von 1818, also das 1. Denkmal, das nicht für Feudale war, natürlich gibt's viel zu wenig Wirtschaften da und überhaupt mit dem Konsum hapert's noch, der Ulmer Urs wollte doch mal eine solche Mütze kaufen, so eine Kepka, das muß er dir mal erzählen, später, jetzt bist du noch nicht reif dafür, ich les doch das Zeug, was geschrieben wird von so durchreisenden Intellektuellen bzw. Schlaumeiern, die auf Schritt und Tritt Noten verteilen, sobald sie den Boden der SU betreten, sie kapieren weder Angst noch Freude des Sowjetbürgers, wenn sie in ihrem intellektuellen Aufstieg einmal Zeit gefunden hätten, die *Kritik des Gothaer Programms* zu lesen! dazu braucht so ein Intellektueller bzw. Schlaumeier höchstens 40 Minuten, und schon könnte er seine naseweise Sensibilität pausieren lassen, und nachdenken über das, was er nicht versteht, aber dann könnte er keine Noten mehr verteilen, wenns ins Weiße Haus kommen, sinds gleich viel aufgeräumter, gleich zwinkern sie geistreich, murmeln ironisch, entfernen sich, ironisch rückwärtsgehend, auf ironischen Zehenspitzen, sprechen mehrzüngig ironisch zur Welt und zur Weltmacht: Dixi et salvavi animam meam, besonders dadurch, daß einer andeutet, daß er persönlich ein besserer Mensch sei als die USA, aber die USA sei ja auch eine Weltmacht und eine Weltmacht sei eben eine Weltmacht, er dagegen sei nur ein Mensch, allerdings ein besserer, das sagt er nicht, das läßt er uns spüren. Pankraz winkt ab. Ein Kommunist, der ohne Moskau auskommen will, müßte schön blöd sein, sagt er. Pankraz war immer noch nicht in Moskau. Er will aber jetzt bald einmal hin. Also wirklich wahr. Ich brauch doch bloß euch anschauen, sagt er, deine Freunde, D., E., F., zum Beispiel, verlorene Menschen, so kommens mir vor, und überhaupt nicht gutartig, mein Gott, was sind denn das für unverständliche Leute, Josef! Und das muß einen nicht einmal wundern, wo sie doch nur an sich interessiert sind, genau wie du, ihr seid doch allesamt Dichter, irgendwie, und als solche habt ihr, genau genommen, die Mentalität von Kolonialoffizieren, ihr wohnt in einer Bevölkerung, mit der ihr nichts zu tun habt, außer daß ihr Profit herauswirtschaftet aus ihr, mehr oder weniger, und dann verachtet ihr die Leute noch ein bißchen, weil sie euch nicht verstehen oder immer noch für Teakholz sind, wo ihr doch schon 15 Jahre übers Teakholz hinaus seid, ach ihr Kolonialoffiziere, komm, Josef, sei kein Imperialist, was soll'n der ganze Imperialismus, ist doch Scheiße, Mensch, andere ausbeuten, zieh weg aus dem Haus, du wohnst bei den falschen Leuten.

Einerseits, sage ich, hast du recht, Pankraz. Aber es können eben nur Leute mit einander umgehen, deren Arbeitsstunde etwa gleich viel einbringt. Wer 100 Mark verdient in der Stunde, der verbringt die Abende nicht mit einem, der 7 Mark in der Stunde verdient. Das wäre unmöglich, das gibst du zu. Die wohnen in verschiedenen Vierteln und verschiedenen Häusern und essen nicht das gleiche Fleisch und fahren nicht das gleiche Auto und gehen nicht in die gleiche Wirtschaft und sprechen nicht die gleiche Sprache und baden nicht im gleichen Wasser und leben nicht zur gleichen Zeit. Das ist also die Klassengesellschaft. Jetzt tendiere ich natürlich dazu, meine Arbeitsstunde für 50 Mark zu verkaufen. Wenigstens für 30. Wenn's geht. Daß ich weniger Stunden arbeiten müßte, verstehst du. Wie soll ich da zu denen ziehen, die in der Stunde 7 oder 14 Mark verdienen. Das wäre doch nicht richtig, Pankraz. Als ich heimkam, lag ein Brief meiner armen Tante Anna auf dem Tisch. Sie schreibt mir: Lieber Josef, ich würde auf die gute Lage verzichten. Zieh doch zu Leuten, mit denen du lieber verwechselt wirst.

Pankraz ruft mich aus dem Haus. Er steht vor dem Haus, läutet nicht, sondern ruft: Josef Georg Gallistl, ruft er, komm heraus. Das ist schön. Josef Georg Gallistl, komm heraus. Ich bin gleich ein bißchen stolz, weil dieser schöne Ruf mir gilt. Und ich komme. Da bin ich, rufe ich, sobald ich die Haustür hinter mir geschlossen habe. Schon vorher rufe ich: Da bin ich. Schon wenn ich die Haustür öffne, rufe ich: Da bin ich. Ich rufe natürlich nur einmal: Da bin ich. Das ist ja klar. Ich bin – zum Glück – bei Sätzen angelangt, die nicht andauernd wiederholt werden müssen. Josef Georg Gallistl, komm heraus. Da bin ich. Schluß. Er gibt mir die Hand. Wir gehen los. Straße runter. Durch die Unterführung. In einen Hinterhof. Da sitzt Qualisto Queiros in seinem kleinen Büro. Unser Drucker. Servus, Qualisto. Qualisto sagt selbst: Wir kennen uns. Ja, ja, sag ich, zum Glück. Um Qualisto herum türmen sich die Filmschachteln. Darin sind Filme aus der DDR. In allen diesen Filmen kommen gute Menschen vor. Pankraz doziert mit der Faust. In diesen Filmen kommen die Guten gut weg und die Bösen kommen schlecht weg. In diesen Filmen gilt es nicht als der höchste Genuß, wenn sich einem ein Satz im Mund umdreht, und der, in dessen Mund er sich umdreht, sagt dann jungfernhaft schüchtern und geil: jetzt hat sich ein Satz in meinem Mund umgedreht. In diesen Filmen wird der Mensch hochgejubelt. So gut ist der Mensch nicht, sagt man sich angesichts dieser Filme. So gut sollte er sein, sagt man sich. Offiziell wird offenbar dringend gewünscht, der Mensch möge, bitte, so gut sein, wie er in diesen auf offizielles Betreiben hergestellten Filmen erscheint. Nun ist der Arbeiter besser als der Unternehmer, das ist klar. Vor allem aus Mangel an Gelegenheit, Unternehmer zu sein. Der Unternehmer wäre auch besser als er ist, wenn er nicht Unternehmer wäre. Also müssen Filme gemacht werden, die in allen den Wunsch erwecken, Arbeiter zu werden. Der Nutznießer ist nämlich unglücklich. Wenn der Arbeiter noch unglücklich ist, so liegt das daran, daß er der nutznießerischen Gesellschaft dienen muß. Der Nutznießer kann durch Steigerung seines Nutznießertums nur noch unglücklicher werden. Dann gehen wir und trinken ein Bier. Pankraz winkt über ein paar Tische weg einem

jungen Paar zu und ruft: Ist es gut gegangen? Die nik-
ken und lachen und rufen: Ja, ja, ja. Die haben gerade
ein Kind gekriegt, sagt Pankraz. Fräulein zahlen, sage
ich. Heimwärts nehm ich die Straßenbahn und fahre
mit vielen Leuten unter den erschreckenden Kinopla-
katen dahin.

Ich bin stolz. Ich bin durchdrungen. Auch wenn ich
aufschreie, heißt das noch nichts. Ich komme schon wieder zu mir. Dann geht es weiter. Das sehe ich doch
ganz klar. Ich habe das Glück, der Zukunft zu dienen.
Ohne Verachtung. Die Wolke hält nicht überm Haus.
Der Hahn kräht auf der Platte. Aber mit großer Fol-
gerichtigkeit geht die Tür auf. Der hereinkommt, ist
kein anderer als der, der jetzt hereinkommen muß:
Pankraz Pudenz. Das Schönste in der Welt ist das Erlebnis einer solchen Notwendigkeit. Jetzt hebt er die
Hand, streckt sie mir entgegen, ich greife zu, es kommt
zum Händedruck. Aber nicht, daß jetzt die Entwicklung der Menschheit still stünde. Es geht ununterbrech-
bar weiter. Herrlich. Schon hat Pankraz Guten Tag
gesagt. Und ich, nicht faul, habe gesagt: Wie geht's.
Ach ja, doch, sagt er, doch, es geht. Wunderbar, wie
wir vorwärtskommen. Bei seinem Eintritt hatte von
Anfang an das Buch, das er in der linken Hand hielt,
den größten Einfluß. Senkrecht nach unten hing das
Buch im Griff der Hand. Das war überhaupt der Witz
dieses Eintritts. Nur deshalb diese Ausstrahlung von
Notwendigkeit. Er geht drei, vier Schritte ruhig auf
mich zu, streckt die rechte Hand her, als käme es darauf an. Aber in Wirklichkeit ist das nur die Oberfläche
seines Eintritts. Die Linke mit dem Buch gibt dem Ein-

tritt die Wucht. Er legt das Buch auf den niederen Tisch, der zwischen uns steht. Aber so, daß ich den Titel noch nicht lesen kann. Ich weiß ihn. Aber daß er mir das Buch nicht gleich gibt, daß er es sogar mit dem Titel nach unten auf den Tisch legt – wahrscheinlich ohne Absicht, aber voller Tendenz –, das entwertet mein Wissen. Ich bin gespannt. Aus der Weinflasche fällt, gegen geringen Widerstand, der Wein in die Gläser. Prost. Wir stoßen nicht an mit den Gläsern. Aber unsere Bewegungen sind ganz streng mit einander verbunden. Sie wiegen einander vollkommen aus. Mit dem Wort Prost bremsen die Gläser in der bloßen Luft. Würde einer von uns zwei langsamer bremsen als der andere – er hätte dabei das Gefühl, er sei ausgerutscht –, dann würde auch der andere ganz von selbst das Glas noch etwas weiter nach oben ausschlagen lassen. Zuerst nippen wir. Dann trinken wir. Das haben wir 100000 Jahre lang geübt. Das klappt jetzt ganz ungeheuer gut. Die Lippen fassen den Glasrand mit einer Vollkommenheit, die sonst nur im schönsten Märchen vorkommt. Die Genauigkeit, mit der die Schluckbewegung auf das Angebot reagiert, ist nicht zu übertreffen. Wir stellen die Gläser auf den Tisch. Im letzten Augenblick vor dem Abstellen fangen wir die Bewegung total ab. Die Gläser erreichen den Tisch so wenig wie Achill die Schildkröte einholt. Der Wein liegt jetzt schwer in den Gläsern. Es beginnt eine große Abwechslung. Pankraz sagt etwas und bewegt dabei die rechte Hand. Ich antworte. Auch mit der Hand. Mit der linken. Wenn jetzt einer von uns beiden einen Schmerz verspürte, wäre alles zerstört. Kein Schmerz, also weiter, weiter. Die Menschheit kann nicht warten. Von uns zweien hängt viel ab. Die dreijährige Angela, eine jener unzähligen Glieder des Prozesses, die ihn noch stören und dadurch auf die allgemeine Unvollkommenheit hinweisen, auf die gleißende Menge Arbeit, die notwendig ist, diese Dreijährige stürzt stolpernd herein, ich fange sie gerade noch, bevor sie an der Tischkante aufschlägt, sie schreit, heult, ich verstehe nicht, was sie herausschreit, sie streckt mir eine große weinrote Samtspange entgegen. Aha, sie wird verfolgt, von ihrer dreizehnjährigen Schwester Judith, deren Spange das ist. Krebsrot ist das nasse Gesicht Angelas. Bleich vor Zorn ist Judith. Schön wäre es, wenn Angela jetzt lachen könnte und dabei die Spange hinaufreichen zu Judith. Der Raub als Spiel. Der Räuber, eingeholt, kapituliert glücklich. Aber Angela schreit in einer Frequenz, die sie gegen jede Einrede abschließt. Die Zeit stockt. Es müßte etwas geschehen. Wenn es jetzt nicht weitergeht, waren 100 000 Jahre umsonst. Judith greift zu. Das ist falsch. Ich fange ihre Hand ab. Das ist auch nicht richtig. Ich nehme die Spange an mich und bitte die beiden, den Streit bis zum Abend zu verschieben. Jetzt schreien beide auf mich ein. Wir kommen nicht mehr weiter. Hier verrecken wir, in eine Samtspange verbissen. Da ich nicht weiß, was ich tun soll, fällt mir die Hand mit der Spange ganz von selbst an eine unentschiedene Stelle im Raum, macht Halt, wo sie weder bei Judith noch bei Angela ist. Das kann nicht falsch gewesen sein. Beide fallen jetzt über die Hand mit der Spange her. Ich berge die Spange in der Hand. Beide arbeiten zusammen. Sie wollen mir die Finger einzeln brechen. Sie keuchen. Keine schreit mehr. Keine sagt was. Aber daß sie zusammenarbeiten, nehmen sie wahr. Ich lasse mir den Zeigefinger von Judith lösen, und tatsächlich, sie gibt ihn Angela zur

Bewachung. Angela ist stolz. Sobald ich vermute, daß sie jetzt schwitzend einig sind, ein Wesen mit vier Händen und 20 Fingern, lasse ich mich besiegen, die Spange liegt auf der geöffneten Hand. Da Angela einen Finger nach dem anderen zur Bewachung bekam, ist es ihr klar, daß Judith die Spange vom Handteller nehmen muß. Angela sagt: Jetzt, jetzt, nimm doch. Judith nimmt die zerknautschte Spange. Dann ziehen beide stolz ab. Judith lobt Angela für ihre Bündnishilfe. Sie gehen hinaus, vor den Spiegel, ich höre, wie sie die Spange jetzt abwechselnd probieren. Dabei sprechen sie nur im Konjunktiv. Du wärst jetzt die ... dann gäbst du sie mir ... ich tät dir solange ... und du wärst meine ...

Pankraz sagt: Ich habe dir den 1. Band unserer Leninausgabe mitgebracht, er enthält Arbeiten aus den Jahren 1894 bis 1903, 1904, also aus den Jahren, in denen in Rußland die marxistische Partei geschaffen wurde. Ich nehme das Buch in die Hand.

Am schlimmsten ist es jeden Tag, bzw. in jedem Augenblick. Ich weiß wirklich nicht, wie ich das machen soll. Ich muß mir ja sagen, es geht so weiter. Wenigstens morgen, Donnerstag, übermorgen, Freitag, u.s.w. Es wird nichts passieren. Im Mund dieser undeutliche Geschmack. Im Kopf ... ja, was ist im Kopf? Das ist ein Rückfall. Ich renne hinaus. Wem kann ich ein Paket über die Straße tragen. Pankraz, ich begreife dich, glaub ich, schon. Das Dumme ist nur, daß mir Tätigkeit nicht mehr liegt. Also wandern mit dir könnte ich sehr lange. Aber in die Fabrik will ich nicht mehr. Ins Büro will ich nicht mehr. Hat es dann überhaupt einen

Sinn, daß du noch kommst und mich hinausrufst? Es war immer schön, deine Stimme zu hören. Es hat mich deine Stimme jedes Mal hochgerissen. Wenn du nicht kommst, sitze ich hier und verfalle. Das ist das Natürliche. Es gäbe da keinen ausgezeichneten Augenblick mehr. Ich könnte mir nicht mehr helfen. Ich ginge einfach allmählich ein. Das wäre doch auch nicht so schlimm, Pankraz. Hat man wirklich die Pflicht, alles Mögliche zu tun? Nimm mich nicht mehr mit zu diesen Versammlungen, Demonstrationen, ich komme mir so komisch vor dabei. Ich komme für Zukunft nicht mehr in Frage. Ich möchte am Daumen lutschen und mich unter der mütterlich schwarzen Satinschürze verkriechen oder wenigstens einem solchen Vorgang endlos nachsinnen, mir hängt der Kopf richtig nach hinten, Pankraz, was soll ich denn tun? Diese subjektive Lächerlichkeit verbietet es mir fast, mich dir als Mitarbeiter anzubieten. Ich als Mitarbeiter, Menschenskind. Die haben mich im Lauf der Zeit so fertig gemacht, glaub ich, daß ich mir nichts mehr zutraue und deshalb einfach in die Vergangenheit ausweiche. Das tut wahrscheinlich sowieso jeder gern. Bei mir ist es aber die einzige Bewegungsrichtung geworden, in die ich ohne Anstrengung rutsche. Ich habe mich nicht deutlich gemacht. Ich meine diesen Schrecken, wenn du auf die Uhr schaust, und es ist immer noch halb drei und du hast gedacht, es sei wenigstens schon halb fünf. Das ist mein Zustand. Verstehst du mich. Ich meine den Grund zum Rauchen. Warum rauchen denn immer mehr Leute. Ist doch klar, sie wollen ihrem Leben einen Sinn geben. Wenigstens für kurze Zeit. Der Kettenraucher glaubt sogar, er könne sich so überhaupt retten. Du weißt, ich rauche nicht mehr. Ich habe das Gefühl, ich sei unter die Sparer gegangen. Scheußliches Gefühl. Das Leben ist eine Entziehungskur. Und sonst nichts. Und doch ist man so unheimlich gesund: man hält es einfach nicht für möglich, daß man alles falsch macht. Und schon lebt man wieder ein bißchen weiter. Gestern habe ich mich zum Schneeschaufeln einteilen lassen. Das war kein Erlebnis, aber es hat mir gut getan. Mehrere Tätigkeiten sollten für jeden selbstverständlich sein. Weißt du, was erstaunlich ist, Pankraz: bevor man den schlimmsten Punkt nicht hinter sich hat, weiß man einfach nicht, daß es wieder anders werden könnte. Man hat keine Ahnung. Weitersagen, Pankraz. Der Wendepunkt ist tatsächlich der schlimmste. Manchmal glaub ich, ich sei wieder zurückgeworfen auf diesen Wendepunkt, ich käme nie mehr davon weg. Ein Segelschiff vor Kap Hoorn, weißt du, immerzu vor Kap Hoorn, immer dieser allergrößte Sturm des Wendepunkts, die Mannschaft wird zermürbt, die Arme sinken, es stinkt weithin nach Angstschweiß ... Pankraz, Tag und Nacht, ohne Aussicht, wirklich ohne Aussicht, wir haben ins Krähennest einen blinden Benjamin gesetzt, wir sind nämlich ein theatralisches Schiff, das schon, aber wir sind auch ein ziemlicher Kampf. Aber.

Frost, Rauhreifbäume, schöne runde Amseln in den Rauhreifbäumen posieren für's Winterbild, gefällig dieser Wortfall, und wir gingen zügig durch Atemfahnen, stießen uns an, wiesen auf die Winterpracht, Pankraz lachte, ich sagte: meine Spannung zu Mao, der Schnee knirschte, Pankraz ist nicht für Mao, er muß das Moskauer Verhältnis nachempfinden, er tut es, die Sonne scheint in den Frosttag, wir gehen etwas langsamer, wir rauchen nicht, schieben einen an, dem die Batterie versagte, für diese theologenhaften Streitigkeiten fehlt mir der Sinn, vielleicht bin ich nicht gläubig genug. Das ist das Schönste, Pankraz, daß ich mit dir nicht ins Streiten komme, du bist mir recht, wie auch immer du bist, ich habe bei dir nie das Gefühl, daß du etwas nur um deinetwillen oder meinetwillen sagst. Das erinnert mich an eine Solidarität, die ich als Kind im Christentum empfand, dann nicht mehr, auch an den hellsten Frosttagen nicht mehr, der Pfarrer in unserer Gemeinde gehörte zu den besseren Leuten, da war nichts mehr zu machen, der trank Kaffee nur mit denen.

Schau, ich bin noch lange nicht fertig. Heute mußte ich weit zurück und die Berufsangabe meines ehemaligen Freundes C. ergänzen. Der Mitteilung, daß er als Chemiker bei einer Kosmetikfirma arbeitet, mußte ich noch hinzufügen: Parfümerieforschung. Ich hoffe, das wirkt, was C. betrifft, glaubhaft. Wahr ist es. C. schrieb eine Doktorarbeit über irgend etwas aus der Massenspektrometrie, deshalb glaube ich, daß er seine spektrometrischen Kenntnisse auch in der Parfümerieforschung anwenden kann. Mir kommt jene Zeit, als er die Dissertation schrieb, wie eine Helden- und Sagenzeit vor. Man schaltete am sonnigen Sonntagmittag, während der Braten schon auf dem Tisch stand, das Radio ein, und nicht sofort, aber gleich darauf erhob sich im Raum wie ein riesiger wohlerzogener Bienenschwarm der Gesang der Männerchöre. Später ließ man den Zahnstocher im Mund langsam auf- und abwippen. Es wurde immer schlimmer. Schließlich mußte ein guter Chemiker wie C. die Parfümerieforschung zu seiner Sache machen. Warum auch nicht. Er will uns, sagt er, später auch die Proteine würzen.

Marianne spült das Frühstücksgeschirr. Das sollte ich tun. Sie muß weg. Ich sehe nach, ein Kind hat sie dagelassen. Heute kommt Besuch. Ich kann ihm nicht meine Leber vorsetzen. Das Kind wird während der Besprechung auf meinen Knien sitzen. Es wird auch an mir herumklettern. Ich werde links und rechts an ihm vorbeisprechen, meine Meinung sagen. Soweit werde ich nicht gehen.

Pankraz, du hast mich und meinesgleichen »freiwillige Linke« genannt. Abschätzig. Pankraz, paß auf, auch ein Proletarier kann von einem Kleinbürger was lernen. Eine ganze Menge liegt an den Müttern, das kannst du mir glauben. Was die uns beibringen durch Belohnen und Bestrafen, das hängt uns an. Der doppelte Nikolaus. Und daß wir, wenn wir was wollen, immer zuerst was geben müssen. Ich will dir mal eine Spielart schildern, die du vielleicht nicht kennst: Einer wird verhätschelt, also der wird auf Liebe dressiert, verstehst du, der wird immer übermäßig belohnt, der kriegt immer mehr als er gibt. Aber außer seiner Mutter, behandelt den dann keiner mehr so. Das kann sich keiner leisten, sich so abzugeben mit dem, ja? Und weiß der Teufel, warum die Mutter es so getrieben hat mit dem, das hatte natürlich auch Ursachen, sie wurde gedemütigt, vielleicht, vom Mann, von den Leuten. Wenn dem also das alles ausbleibt und er wird behandelt, wie man eben behandelt wird, dann fängt der an zu rauchen, zu haschen, zu koksen, zu fixen, braucht mehr Mädchen als es gibt, kriegt nirgends, was er sucht. Möglich, er fängt an, was zu tun. Und zwar ziemlich irre. Er will jetzt den Leuten die Liebe abnötigen. Sie sollen ihn verehren, rühmen, hätscheln. Er wird Dichter, Komponist, Schauspieler. Er schafft was. Aber ihm kann's keiner recht machen. Er kriegt jetzt zwar Anhang u.s.w., aber seine Ansprüche steigen mit seinen Überanstrengungen, es ist ihm alles zu wenig. Er will immer mehr als es gibt. Jetzt nimm dagegen einen, dem die Mutter zu wenig getan hat. Die hat ihn kaum eingewöhnt in das Gib-etwas-dann-kriegst-du-was. Der hat einfach das Allernötigste gekriegt, ohne Liebe sozusagen. Der macht dann unseren ganzen Betrieb überhaupt nicht mit. Der wird einfach das, was man asozial nennt. Der sieht keinen Grund, etwas für etwas zu tun, das wurde ihm nicht beigebracht. Und wenn nachträglich für ihn etwas getan wird, so macht ihm das keinen Eindruck. Das übliche Gib-Nimm-System aber schafft Eigentum und Expansion, weil man später doch immer etwas mehr geben muß als man hat und immer etwas weniger kriegt als man erwartet, d.h. verdient zu haben glaubt; dadurch bleibt ein Bedürfnis, also Energie, also Expansion. Wer in dieses System auf keine Weise eingeschleust wird, nimmt sich das, was er braucht oder zu brauchen glaubt, auf eine Art, die er zu erlernen im Stande ist: Betrug, Unterschlagung, Diebstahl, Raub. Man nennt ihn einen Verbrecher. Wer mit zuviel Belohnungsaufwand zum Geben bzw. Mitmachen gereizt wurde, wird Kulturschaffender. Beides ist ein Unbrauchbarmachen für das System. Die Kompensationen dieser Unbrauchbarkeiten sind von einander kaum verschieden. Der, der nie verhätschelt wurde entschädigt sich zwar anscheinend nur »materiell«, wenn er sich Werte aneignet, die ihm das im Interesse der Eigentümer verfaßte Gesetz vorenthält; der andere versucht sich universell zu entschädigen: er will jetzt Liebe in Form von Ruhm bis »Unsterblichkeit«. Aber auch der an Liebe zu kurz Gekommene will mehr als Wertsachen. Der Einbruch, die Folge der Taten, sein Verbrecher-Renommee, daraus fügt sich seine Identität zusammen. Die wenigsten Gesetzesbrecher können ihre Leistungen allein und unangeschaut vollbringen; sie brauchen ein Publikum; nicht wenige haben sich so schon ins Zuchthaus gebracht. Ihre »Verbrechen« sind ihre Gedichte, ihre Bücher. Und der anderen Bücher sind deren »Verbrechen«. Der Unterschied zwischen diesen beiden Formen der Asozialität ist verschwindend. Bis hierher.

Jetzt gibt es aber unter den Verhätschelten immer wieder welche – und, ich glaube, je länger je mehr –, die durchschauen sich und ihre Bedingung, die werden politisch, d. h., sie versuchen, das Verhältnis, dem sie ihre unglücklichste Erfahrung verdanken, als ein gesellschaftlich verursachtes Verhältnis zu verstehen und daraus Konsequenzen zu ziehen. So einer entzieht sich einfach dem Leistungsspiel, er fühlt sich nicht einmal bereit zum Gedichte-Symphonien-Büchermachen, er will die Liebe einfach ganz umsonst, d. h. er sucht seinesgleichen, er geht ins Kollektiv. Er will belohnt werden, weil er er ist und kein anderer, er will es sich nicht verdienen müssen. Er ist unfähig zur Entfremdung. Er ist für die kapitalistische Leistungsgesellschaft unbrauchbar. Für die eignet sich eben nur, wer von Anfang an schlicht auf Geben und Nehmen trainiert wurde, wem von Anfang an beigebracht wurde: gib immer ein bißchen mehr als du hast, dann kriegst du auch ein bißchen mehr; hochstaple ein bißchen, betrüge ein bißchen, aber nur ein bißchen, wenn du nämlich zuviel betrügst, hast du nachher zuviel Angst; aber ein bißchen mehr als du kannst, mußt du immer geben, das mußt du gewöhnt werden, dadurch leistest du immer etwas mehr, kriegst auch immer etwas mehr, wenn auch nie so viel, wie du erwartest, aber auch nicht so wenig, daß du die zunehmende Entfremdung nicht doch noch dafür in Kauf nehmen würdest; es wird dir ja auch nichts Besseres angeboten. (»Wir wissen, daß bei Ratten die Größe der Belohnung von größter Bedeutung für den Lernerfolg ist . . . Für die Küchenschaben trifft dies nicht zu.« N. Longo). Und die Bedürfnisse, die dir anerzogen werden, müssen immer ein bißchen größer sein als die Möglichkeiten, sie zu befriedigen, sonst gäbe es keine Zuwachsrate. Und für diese wohlproportionierte Entfremdung kann man nur von der Mutter erzogen werden. Alle anderen versagen in diesem Abrichtungsgeschäft. An wem aber, aus welchen Gründen auch immer, diese Abrichtung mißlingt, der, lieber Pankraz, verkörpert den Grundwiderspruch genau so wie der Proletarier, auch er ist eine Kraft der Aufhebung. Auf beiden Seiten des Mehrwertgrabens kann der Kapitalismus seine Aufhebung produzieren. Allerdings, die Notwendigkeit, praktisch zu werden, ergibt sich für den jungen, zu lieblos oder zu liebevoll erzogenen Bourgeois nur theoretisch. Insofern hast du recht, wenn du diese Bürger und Kleinbürger »freiwillige Linke« nennst. Wir, die wir nicht gedrillt wurden auf die Entfremdung, die allein den Kapitalismus im Gang hält, wir können mehr oder weniger Geld von unseren

Eltern kriegen oder an der Peripherie bei einem Mindestmaß an Entfremdung selber etwas verdienen, im
Kulturbetrieb: wir stellen unsere Misere in Filmen und
Romanen und soziologischen Büchern dar und gelangen als die Verkorksten, die wir sind, zu Ruhm oder
Ablehnung, auf jeden Fall zu einer Selbstverwirklichung, zu Liebe oder Haß, zur Identität. Oder wir
arbeiten als Politiker in sogenannten extremen Gruppen, rächen uns an unserer Herkunft, wollen dem Arbeiter einreden, er sei zu kleinbürgerlich geworden;
wollen vom Arbeiter verlangen, er müsse seine Entfremdung genau so scharf empfinden, wie wir sie – aus
Angst davor! – für ihn empfinden. Der Arbeiter hat
aber Geben und Nehmen von Anfang an systemgerecht
von der treu sorgenden Mutter eingebleut bekommen,
er kann das aus dem Effeff. Es müßte ihm das Nehmen
schon in einem Maß gekürzt werden wie's bei Muttern
nicht vorkam, dann rührte er sich und würde revolutionär. Mütter können sich bis heute leider nur systemimmanent verhalten, das gehört zu ihrer naturwüchsigen Ausrüstung. Zu Revolutionen kann es also nur
kommen, wenn die Herrschenden den durch die immer
untererfüllten Bedürfnisse erzeugten Fortschritt der
Produktivkräfte hemmen, dann haben nämlich die
Mütter ihrer Brut schon mehr Erwartung eingeübt als
die Chefs erfüllen wollen. Revolutionen finden nicht
statt, um die Geschichte sprunghaft vorwärtszubringen
(auch wenn sie das dann tun), sie finden vielmehr statt,
wo Geschichte gestaut wurde, wo etwas Fälliges nicht
fiel, wo etwas, was an der Zeit war, nicht geschah. Die
Revolution dient dem Nachholbedarf.
Kurzum, Pankraz, nur daß du, wenn du willst, mich
verstehst, zum Beispiel, warum mir Arbeit so schwer

fällt. Ich liebe mich zu sehr. Es schmerzt mich, wenn ich durch Arbeit von mir abgelenkt werden soll. Andererseits ist es keinesfalls lustig, wenn ich nicht abgelenkt werde von mir. Du weißt, so war es einmal. Wir wollen doch hoffen, daß es nicht mehr so ist. Soll ich Lehrer werden? Oder soll das System absterben dadurch, daß immer mehr Leute unfähig werden, etwas zu tun?

Hallo, Freunde. Rudi Rossipaul, wo bleibst du? Alter Aktentaschenträger, hübsches bestechendes Bärtchen, dein Bärtchen, und die zarten Zähnchen, auch so weiß und gerade, oft bist du angezogen, als müßtest du Uhren in der Schweiz verkaufen, deine Seriosität ist stürmisch, vor allem wenn du aus deinem brüchigen Auto steigst. Du hältst mich ganz schön im Trab, ich danke dir. Die DDR macht größte Fehler mit ihrer giftigen Tonart für die BRD, das weißt du? oder brauchen die das für zuhause, zur Erzeugung eines festen Willens? aber hier erleben deshalb 50 Millionen Sozialismus als etwas Keifendes, das gibt doch ein völlig falsches Bild, Mensch, sag das denen doch mal.

Pankraz ist ein revolutionärer Polterer. Ich flüchte mich oft zu Sylvio Schmon, der ist zart, hat mehrere Emigrationen hinter sich, die letzten paar hundert Meter zu seiner Wohnung renne ich, jedes Mal steh ich wieder atemlos vor seiner Tür, er ist kleiner als ich, gibt mir die Hand, faßt mit seiner Linken gleichzeitig an meinen rechten Ellbogen und beginnt, mich zu leiten. Er muß mich für sehr unselbständig halten. Ich wage kaum, Sätze zu Ende zu sprechen. Ich komme ja, um zuzuhören. Lenin. Das ist seine Wiese, sein Wald, sein rauschendes Tal, sein Gesang und seine Quelle. Lenin. Er erzählt von ihm wie eine überaus verehrungswürdige Großmutter vom ersten Geliebten erzählt. Und als wüßte er, woran es mir in den nächsten drei Wochen vor allem fehlen wird, gibt er mir ausgewählte Stellen mit, Photokopien, die hat er machen lassen für mich, auf daß ich der dringendsten Not begegne. Hat uns nach dem Christentum nicht etwas gefehlt? Nicht zum Glauben. Aber um mich besser zu machen. Dafür hatte ich ja das Christentum und sonst nichts. Danach wollte ich nichts Gutes mehr denken. Der Kapitalismus kann die Menschen brauchen wie sie sind. Es liegt ihm sogar daran, daß sie bleiben wie sie sind. Der Kapitalismus kommt der Unentwickeltheit des Menschen entgegen, er will ihn atavistisch, streitsüchtig, kannibalisch, egoistisch. Das macht den Kapitalismus erfolgreich, er wendet sich an die Instinkte von früher. Die Hoffnung, daß man immer einen Schwächeren findet, an dem man sich ausleben kann, wird erfüllt. Der Sozialismus braucht den entwickelteren Menschen. Er verlangt ihn nicht nur, er ermöglicht ihn auch. Die Entwicklung des Menschen zu Ungunsten der Expansion, der Zuwachsrate, des Wettbewerbs. *Aber*, Sylvio Schmon, lassen wir uns doch warnen durch das Beispiel Roms. Auch die Partei weiß nichts aus sich selbst. Ist nichts durch sich selbst. Ist auch noch nichts durch Tradition und Bücher. Sonst mußt Du den hl. Geist einführen. Die Partei ist die Fassung der Tendenz, ohne die diese Tendenz verkommt. Aber die Fassung der Tendenz ist nicht mehr als die Tendenz selber. Alles, was entstanden ist, ist in Gefahr, unwirklich zu werden. Auch eine Partei. Wäre nicht die Chance der hiesigen Ohnmacht der Partei, daß sie sich entwickelte zu einer Feinfühligkeit gegenüber den Bedürfnissen *aller* Arbeiter? Dialektik, dieses allerschönste Hin und Her, hat doch bei uns noch gar nicht angefangen, ich meine: praktisch. Einerseits rührt es mich, wenn ich einem begegne, der sich lange treu verhielt zur Partei; andererseits bedaure ich, daß die Partei Treue so kleinmütig mißt. Fast wie ein Besitzer die Treue zur Firma. Antisowjetismus käme mir auch blödsinnig vor, trotzdem glaube ich nicht, die Sowjet-Union könne für uns denken. Wenn die Partei etwas Hiesiges wird, schafft sie's. Aber nicht, solange sie mit beiden Beinen im Ausland steht. Internationalismus? Das ist eine Notwendigkeit für jeden lokalen Sozialismus. Aber es genügt nicht, Ergebenheit über die Grenzen zu transportieren. Denk doch an Anton Ackermann: Gibt es einen besonderen deutschen Weg u.s.w. War das alles falsch? Eines, lieber theoretischer Ziehvater Sylvio, muß dir klar sein: ihr kommt hier momentan nicht weiter, weil ihr historisch überfrachtet seid und mit einer Fremdsprache auftretet . . . laß uns endlich beginnen mit der Übersetzung hierher und in die Gegenwart.

Kann ein Sozialist gesund bleiben in einer kapitalistischen Gesellschaft? Tanja Tischbein hat Magengeschichten. Raucht wie ein Schlot. Ich glaube, mit Männern klappt es auch nicht richtig. Kunststück. Sie hängt so rum. Schon sehr aktiv. Immer ist sie irgendwo. Tut was. Aber sie zeigt uns, daß auf ihr ein Druck lastet. Als regnete es schon seit 11 Jahren, und jetzt muß es doch endlich aufhören. Warum ist sie nicht in der

DDR geblieben? Ich bin hier aufgewachsen. Ich reagiere nicht gleich auf alles mit einer Schleimhautsache. Tanja hält überhaupt nichts aus. Ich möchte sie am liebsten in Erholung schicken. Komm in 20 Jahren wieder. Du wirst sehen, es geht vorwärts hier, ich schwör's dir, nur in einer anderen Gangart, nicht so hektisch und mit Schießerei, mehr auf dem Verwaltungsweg, unrühmlich, aber nicht ohne Kommunisten, das ist klar, Tanja, du kannst wirklich gehen, du hältst unseren aufreibenden Trott nicht aus, du machst dich bloß kaputt. Schön hängt dir die weiße Zigarette im Mund, aber deine Augen sind so versackt, Tanja, wer kann dein Elend verkürzen? Liebe Tanja, als wir von der Veranstaltung in Essen heimfuhren, hast du ein bißchen geschnarcht, ich hatte nicht den Mut, dich zu wecken, obwohl die Leute im Abteil grinsten. Als du aufwachtest, hast du auch gegrinst. Ich habe mich natürlich nicht auf die Seite der Leute geschlagen. Obwohl ich in Versuchung war. Ich bin so. Aber dann doch wieder nicht. Ich finde, du solltest gesund werden. Wenn das gelänge, Tanja, stell dir vor. Ich glaube, du könntest etwas dazu tun. Gesund zu sein, Tanja – wenn ich dir das sage, hör ich es selber zuerst – ist die beste Reklame für das, was man sagt. Mir wird ganz schlecht von so einem Satz. Vielleicht muß man hier krank werden. Ach nein. Bloß weil Hitler für's Gesunde war, machen die jetzt hier auf tiefkrank. Irgendwie möchte man sich ja unterscheiden vom Faschisten. Wir, Tanja, sind uns unseres Unterschieds sicherer. Wir werden, bitte, gesund. Wir gehen abends rechtzeitig ins Bett. Wir trinken höchstens einmal in der Woche zuviel. Schau dir diese Virtuosen der Krankheit an, Tanja, auf sowas stehst du nicht. Reine Kranke sind faszinierend, ich weiß. Einer, der sich heilen will, wirkt dagegen schmuddelig, das ist klar. Aber der faszinierende Kranke gehört ins Showbusiness, Tanja. Bürgerliche Gesellschaft muß versuchen, sich ins Showbusiness zu retten, jede andere Identität ist ihr als einer auf Entfremdung gegründeten Gesellschaft verwehrt. Überleg das mal: Entfremdung und Showbiz.

Momentmoment, ich muß noch an Rudi Rossipaul schreiben. Lieber Rudi-Emissär, immer wenn wir über die DDR reden, komm ich ins Lavieren. DDR = Ausland wie Schweiz, wie Österreich. DDR ≠ Ausland wie Italien oder Frankreich. Die Sprache verführt zu einer direkteren Einmischung des Gefühls. Raubkapitalburgen auf den Bahamas stören mich weniger als die Eroberung einer St. Gallener Bank durch einen Gangster Truchillos. Klar? Ich liebe meine Heimat, übrigens. Und anstatt daß sie in einem Science Fiction unterginge, möchte ich lieber, daß sie mit Mann und Maus in den Himmel käme. Himmel ist ein hiesiges Wort für eine riesige Zukunft. Also die DDR. Schrecklich, diese stellvertretende Tonart, in die man verfällt, sobald man mit einem Ausländer oder über das Ausland spricht. Und was ich da sage und was ich nicht sage, das zeigt, wie verklemmt ich bin. Offenbar ist das Ausland etwas wie die Sexualität. In unserer Erziehung. Gewesen. Und zur DDR verhalten wir uns wie zu einer Orgie, die wir nur vom Hörensagen kennen. Also ununterbrochen moralisch. Lieber würde ich mit dir, Rudi Rossipaul, einen Kirschenbaum leeren oder einen Eisschrank auseinandernehmen. Du bist praktisch begabt. Ich höre dich gern über dein krankes Auto

sprechen, dessen Teile du alle schon einzeln in der Hand
gehalten hast. Und wenn du, während deine Hände
dein Aktenköfferchen öffnen, einem ununterbrochen in
die Augen schaust, kriegst du was Zauberkünstlerisches.
Du bist ein gemütlicher Eiferer, ein sozialistischer Gi-
golo. Das ist alles gut und schön, wenn ich nur nicht
andauernd über die DDR urteilen müßte. Siehst du,
wenn ich lese, de Gaulle habe, als Pompidou ihm die
Inhaftierung Sartres vorschlug, gesagt, Voltaire sperre
man einfach nicht ein, dann kann ich das lachend zur
Kenntnis nehmen, wenn einer aber Biermanns letzten
Streich zum besten gibt und die offizielle Reaktion,
dann bricht mir der Rechtfertigungsschweiß aus. Ich
seh da zwei Nationen, die in einem fast menschen-
leeren Stadion nur noch durch Athleten und Maßneh-
mende vertreten sind und so in der Hochsommerhitze
in 40 Disziplinen gegen einander rackern, begleitet von
den Phrasen vom völkerverbindenden Sport. Da wundert man sich doch am meisten darüber, daß die Athleten ihre Nationalität nicht endlich aus den verzerrten
Gesichtern schütteln und aufhören zu rackern und mit-
einander im Schatten viel Bier trinken. Aber wahrscheinlich gerieten sie gleich in Streit, wenn sie mit
einander redeten. Ach diese deutschen Nationen. Con-
scientious pupils. Jeder auf seiner Seite. Andererseits
reicht meine Empfindung tief nach Pommern hinein.
Sachsen ist mir vertraut, ohne daß ich je dort war. Wie
oft denke ich an Magdeburg! Ich will die DDR nicht
erobern. Ich will mir aber nicht verbieten lassen, daß
mein Gefühl einreist und ausreist, wie es ihm paßt.
Diese Feindseligkeit, diese lächerliche. Das deutsche
Wesen macht sich selber Konkurrenz. Selten so gelacht. Das tut direkt weh.

Die lachen schon draußen und herinnen lachen sie immer noch. Um die Augen haben sie Ringe. Vier Überarbeitete: Urs Ulmer, Vinzenz Vetter, Wilfried Weißflog und Pankraz Pudenz. Gegen Pankraz sind wir alle Zwerge. Obwohl er nicht viel größer ist. Aber mächtiger Also seine Körperlichkeit ist gewaltig. Er wälzt sich, rudert herum, tappst, rollt, ist von allem zuviel. Daß er so dunkle Schattenhöfe um die Augen hat, ist erstaunlich. Man erschrickt. Wir lachen fast die ganze Nacht. Nachträglich weiß ich dann nicht mehr, warum, aber wir lachen noch und noch. Vinzenz Vetter erklärt mir den Unterschied: Wenn bürgerliche Intellektuelle zusammensitzen, müssen sie immer an ihrer Konkurrenzsituation vorbeireden. Da das nicht ganz gelingen kann, muß die Konkurrenz, die man sich nicht eingestehen darf – sie sei übrigens das Konkurrenzverhältnis in einer Reinheit und Schärfe, wie es in der Wirtschaft längst nicht mehr vorkomme –, verlagert werden auf ein Spielfeld, in dem es anscheinend nicht mehr um die Anwesenden geht, sondern um objektive Figuren und Verhältnisse. Also A. sagt etwas Positives über Fellini. B. wacht auf, macht Fellini fix und fertig als einen larmoyanten, feigen, bürgerlichen Sadisten. A. identifiziert sich jetzt mit Fellini in einem vorher nicht vermuteten Ausmaß. B. führt einen seiner Angriffe, die scheinbar Fellini gelten, mit einem Hinweis auf Antonioni. Jetzt kann A. zum Gegenangriff übergehen. Er haut und sticht nun seinerseits so lange auf Antonioni ein, bis B. seinen Antonioni naß, blutig, zerstochen, zerhauen, eine ekelhafte Masse, vom Platz trägt. Wenn A. und B. auseinandergehen, wissen sie, daß sie einander meinten. Aber die Verlagerung ihrer Konkurrenz in das italienische Figurenpaar macht es

A. und B. möglich, trotz dieser Haßausbrüche, weiterhin mit einander zu verkehren. Und darauf sind sie angewiesen, denn sie haben ja niemanden sonst, d. h. niemanden außerhalb der bürgerlichen, durch Konkurrenz bestimmten Sphäre.

Ich wäre gern der erste, der ohne Angst auskäme. Wir haben Johannisbeeren gepflanzt. Wir gehen zwischen den Sträuchern hin. Bald werden wir die Träublein berupfen. Wir werden naßrote Hände haben. Ich muß schnell mal in die Stadt zurück. X., ein Funktionär von der Gewerkschaft HBV, will mit mir sprechen. Ich muß meine ganze Kraft zusammennehmen. Wir trinken Bier. Ich bin andauernd in Versuchung, ihm von einem Stoß verlorener Briefe zu erzählen. Es kann ihn nicht interessieren. Ich dagegen kann an nichts anderes denken. Er will etwas veranstalten, er könnte mich brauchen. Ich geniere mich, weil ich immer an diese Briefe denke. Jetzt hab ich 2 Tage lang alles durchsucht. Ich meine damit, alle Schubladen und Schränke. Wenn ich diese Briefe nicht mehr finde, bin ich zum Teil gestorben. Ich lebte davon, daß ich jeder Zeit diese Briefe hätte lesen können. Um mich abzulenken und meinem Gesprächspartner näher zu kommen, fange ich von den Johannisbeeren an. Er versteht etwas von Johannisbeeren. Er hat selber welche. Ich hoffe, daß die Arbeit im Garten, das Pflegen, Ernten und Einmachen der Johannisbeeren, mich von den verlorenen Briefen ablenken wird. Aber wir haben erst Mai. Das Bier schmeckt uns. X. steht auf und gibt mir die Hand. Ein anderes Mal, sagt er, falls Sie Zeit haben, ich sehe, im Augenblick paßt es bei Ihnen nicht.

Er geht. Ich fange an, alle Schubladen noch einmal zu durchsuchen. Wenn Marianne und die Kinder abends aus dem Garten heimkommen, auf jene Art müde wie nur Landleute der Legende, glauben sie, ich hätte den ganzen Nachmittag mit X. verhandelt. Aber mir tut der Rücken weh vom Hinabbeugen zu den Schubladen. Ich habe nicht einen der Briefe gefunden. Ich gestehe mir, daß ich nicht mehr richtig weiß, was X. von mir wollte. Habe ich so wenig zugehört? Hat er sich so undeutlich ausgedrückt? Wie komme ich bloß dazu, beim Abendessen zu erzählen, die HBV wolle etwas veranstalten und habe deshalb X. zu mir geschickt? Ich erzähle das ohne jeden Zweifel. Erst am übernächsten Tag bin ich ganz sicher, daß es so nicht gewesen sein kann. Ein großes Couvert steckt im Briefkasten. Nicht von der Post, sondern von X. selbst überbracht. Es enthält Gedichte. X. ist der Verfasser dieser Gedichte. Er teilt mir mit, daß er sich geniere, mein Interesse für seine poetischen Versuche auszubeuten, aber er müsse endlich Gewißheit haben. Ich lese die Gedichte. Denke bei jedem Gedicht an meine verlorenen Briefe, aber auch an die Johannisbeeren. Ich glaube nicht, daß das unfair ist. X. ist ein prima Kerl. Während ich seine Gedichte lese, fällt mir auch noch ein, daß er mich an jenem Nachmittag, der übrigens rasch zerfällt in meinem Gedächtnis, immer wieder aufforderte, mit ihm zusammen ein Buch zu schreiben. Wir könnten beide reiche Leute werden, sagte er immer wieder. Er habe eine unfehlbare Methode zur Bestimmung des Geschlechtes bei der Zeugung. Er habe die Methode, ich könnte die Formulierung übernehmen, so würden wir beide todsicher reich werden. Da ich ja wußte, daß seine Gewerkschaft gerade die Tarife gekündigt hatte,

hatte ich erwartet, er sei deswegen gekommen. Aber davon sagte er nichts. Übrigens schenkte er mir, bevor er ging, ein völlig neues Kartenspiel, eins mit französischen Karten. Und noch etwas: zuletzt hat er kein Bier mehr getrunken, sondern Kaffee. Er hatte übrigens keinen Mantel dabei und auch keinen Hut, aber lederne Fingerhandschuhe. Vielleicht verwechsle ich X. jetzt ungerechterweise mit dem Herrn von der Lebensversicherung. Den habe ich aber beim Abendessen überhaupt nicht erwähnen wollen, Hergottsackrament, so ein Durcheinander, schuld sind die Briefe, dieser entsetzliche Verlust.

Mit Urs Ulmer, Vinzenz Vetter und Wilfried Weißflog fuhr ich nach Frankfurt, um einen Vortrag des Genossen York von York zu hören. Eine kritische marxistische Analyse schließt eine versöhnlerische Haltung gegenüber den Entstellungen, Irrtümern und Fehlern der vorangegangenen Etappe aus. Sagte der Referent. Ich notierte mir das. Man muß aber konsequent unterscheiden zwischen Problemen objektiver Natur, die im Zusammenhang mit der politischen Weltsituation die Entwicklung aller sozialistischen Länder erschwerten, und unseren eigenen Irrtümern und Fehlern, die den Aufbau der sozialistischen Gesellschaft verlangsamten oder zu Entstellungen führten. Die gesellschaftliche Krise, die im Januar gelöst werden mußte, war in keinem Falle Ausdruck eines Versagens des sozialistischen Systems, sondern eine Folge der fortschreitenden ideologisch-politischen Entwaffnung durch theoretisch unbegründete Behauptungen der Art: auf Grund des erfolgreich vollendeten sozialistischen Aufbaus erfolge bei uns eine moralisch-politische Verschmelzung und ein Zusammenschluß aller Klassen und Schichten, daß sich in den Beziehungen zwischen verschiedenen Schichten und Gruppen höchstens noch nichtantagonistische Widersprüche zeigen könnten. Der Kampf gehe nur im internationalen Zusammenhang weiter. Referierte der Referent. In Wirklichkeit, sagte der Referent, wurde gerade in dieser Periode durch einen ausgesprochenen sektiererischen Radikalismus die soziale Stellung der kleinbürgerlichen Schichten nicht den ökonomischen Gesetzmäßigkeiten des Sozialismus angepaßt, die Mittelschichten wurden buchstäblich ökonomisch liquidiert. Die Entfaltung der Demokratie muß aber Hand in Hand gehen mit der Erhöhung des wissenschaftlichen und fachlichen Niveaus der gesellschaftlichen Leitungstätigkeit. A. a. O.: Es ist einfach unzulässig aus dem Begriff »Diktatur des Proletariats« einen nicht anwendbaren altmodischen Buhmann zu machen. Es ist unzulässig, diesem Begriff apodiktisch jegliche Fähigkeit historischer Entwicklung streitig zu machen. Zweifellos ist dieser Begriff durch seine späteren bürokratischen Entstellungen schwer belastet. Unter dem Aspekt des Interesses der internationalen Bewegung gilt das Prinzip, daß man keine Bedrohung oder gar Einbuße dessen zulassen darf, was wir bereits erobert haben. Gerade die Erfahrungen der letzten Jahre brachten uns allen die Lehre, daß man sich nicht leichtsinnig gerade von solchen grundlegenden strategischen Prinzipien freimachen darf, wenn wir nicht auf abenteuerliche Weise in politische Situationen geraten wollen, die nicht mehr zu beherrschen sind. Sich von diesen Begriffen zu befreien, ist ebenso gefährlich, wenn nicht gar gefährlicher, als sie falsch, verknöchert und un-schöpferisch anzuwenden. Sagte der Referent. Ich saß zwischen Vinzenz Vetter und Wilfried Weißflog. Danach gingen wir noch mit Y. essen. Ich sagte nicht, daß es mir schwer falle, ihn zu begreifen. Ich denke anders. Man kann doch nicht alles beherrschen. Andererseits hat er recht, wenn er die Partei in Schutz nimmt gegen den Literaten-Vorwurf (in den 2000 Worten), sie sei eine Machtorganisation geworden mit großer Anziehungskraft für herrschsüchtige Egoisten, berechnende Feiglinge und Leute mit schlechtem Gewissen. Das kann man von jeder Partei sagen. Auch ich werde in die Partei eintreten, weil ich ein, wenn auch nicht herrschsüchtiger Egoist, so doch ein Egoist bin und ein berechnender Feigling, und weil ich ein schlechtes Gewissen habe. Wichtig ist, welchen Einfluß eine Partei auf herrschsüchtige Egoisten, berechnende Feiglinge und Leute mit schlechtem Gewissen hat, was sie aus ihnen macht. Es ist lächerlich, zu verlangen, daß Parteimitglieder von Anfang an eine bessere Sorte Menschen seien. Aber York ist doch ein sehr ängstlicher Genosse. Er glaubt nicht, daß die Tendenz zum Sozialismus als Befreiungstendenz einfach die stärkste Tendenz der Welt ist, deshalb baut er zu viele Sicherungen ein und macht schon wieder viel von dem, was er anstrebt, rückgängig, bevor er es erreicht hat. Auf der Heimfahrt verabredeten Urs Ulmer, Vinzenz Vetter und Wilfried Weißflog, in ihrer Grundeinheit ein möglichst lebhaftes Bild der vorbeugenden Angst des Genossen Y. zu geben. Sie wollten sich nicht lustig machen. Aber Angst sollte nichts mehr regieren. Zum Beispiel sollten die Genossen ermutigt werden, eigene Wörter für ihre Erfahrungen zu gebrauchen, weil die

Gefahr besteht, daß sie mit den von der Partei vorge-
gebenen Wörtern schon etwas anderes als ihre eigene
Erfahrung zum Ausdruck bringen, d. h.: die Partei
erfährt immer weniger von den wirklichen Erfahrungen und sieht sich einer Vervielfältigung ihrer irgendwann einmal errungenen Parolen gegenüber, d. h. die
Partei verliert den Kontakt, die Wirklichkeit entwik-
kelt sich an der Partei vorbei oder gegen sie. Wer
glaubt, dem könne die Partei durch Macht oder Technik oder Klugheit entgehen, der ist ein Idealist. Das
Massenhafte einer Partei ist durch keine Herrschafts-
technik zu ersetzen. Alles, was entsteht, will zwar
gleich herrschen, d. h. sich über seine Zeit hinaus ver-
längern. Wer aber Demokratie will, muß andauernd
Herrschaftsformen abbauen. Andauernd. Das wird
nie aufhören. Nie. Deshalb muß die politische Chirur-
gie unser aller Handwerk werden. Und die besten
Chirurgen in der Politik werden die sein, die kein
Blut sehen können. Ich sprach noch, aber Marianne
war schon eingeschlafen. Ich konnte nicht einschlafen. Ich sprach zu vielen Leuten. In meinem Kopf
redete es weiter. Ich nahm ein Valium. Aber ich ebbte
noch lange nicht ab. Zuerst sah ich zwei Freunde, hielt
sie für ein Paar, dann gleich noch einen dritten, dann
rollt mir auch schon einer auf dem Betonbelag einen
Schraubenzieher her, jeder von denen hat auch einen,
schon gezückt, ich fasse den herrollenden Schraubenzieher, sie greifen schon an, ich schreie: Hilfe, Hilfe,
und höre, daß diese Schreie sehr matt klingen, ich kann
einfach keine Kraft in diese Schreie bringen, sie klingen, als glaube ich gar nicht mehr an Hilfe, sie klingen
erlöschend. Dann war ich wieder wach und dachte:
dann denk ich lieber noch ein bißchen weiter, das

ist doch angenehmer als das mit den Schraubenziehern.

Wir öffnen die Tür. Wir gehen hinaus. Was willst du?
Ist es soweit? Ich bin nicht darauf gefaßt. Aber das
will nichts heißen. Marianne, bitte, geh du wieder rein.
So warm ist es wirklich noch nicht. Ist heute der 12.
oder der 13. April? Ich will nicht durch Pedanterie den
Aufbruch verzögern. Die Sonne scheint wenigstens.
Meine Magenschmerzen sind erträglich. Selbst vor eingeweckten Kirschen müßte ich mich also hüten.
Dieser kalte rote Aprilmorgen. Die staubigen Blätter
der Büsche müßten auch wieder mal gewaschen werden. Hinter mir Taunus, Eifel, Westerwald. Du weißt
genau, daß es mein Wunsch war, mitzufahren. Ich
möchte diese Erfahrung machen. Verstehst du, meine
Erfahrungen reichen nicht mehr aus. Andauernd urteilt man, da hat man das bißchen Erfahrung bald verbraucht. Man fängt an umzumünzen. Eine beschämende Tätigkeit, das kann ich dir sagen. Dieser kalte
Aprilmorgen provoziert mich schon. Die Geräusche
klingen hart. Wie lange werden wir fahren? Es ist, als
schlügen die Leute aufeinander los. Du fährst, glaube
ich, sehr gut. Das Leben am Schreibtisch ist auch nicht
ganz ungefährlich. Ich gebe gerne zu, daß ich diese
Fahrt nur mache, weil ich sie für notwendig halte. Ich
bin darauf gefaßt, daß ich mich langweilen werde. Das
soll dich nicht stören. Auch etwas, was sehr wichtig ist
für einen, kann einen langweilen. Das ist doch so,
oder? Es kann jetzt ein Abschnitt meines Lebens beginnen, der mir nichts als Langeweile bringt. Am liebsten
kehrte ich jetzt noch um. Du läßt mich nicht mehr aus-

steigen, nicht wahr? Du mußt mich abliefern, das ist klar. Es ist ein Entgegenkommen. Ich muß sehr dankbar sein dafür, daß man sich soviel Mühe macht mit mir.
Ich muß mich wirklich hüten, irgendwelchen Stimmungen zu verfallen. Diese in mir sich bildenden Stimmungen stammen aus irgendwelchen Gewohnheiten. Diese Gewohnheiten möchten natürlich, daß überhaupt nichts mehr passiert. Wenn es nach diesen Gewohnheiten ginge, dann schrumpfte ich ganz gemächlich ein, und hätte einen immer deutlicher werdenden Geschmack im Mund. Eben diesen beliebten persönlichen Todesgeschmack. Ich pfeife darauf. Ich bin wirklich dafür, daß ich jetzt ausfahre im kalten Aprilmorgen und langweiligen Unterrichtungen und Besichtigungen entgegensehe. Erst wenn ich alles hinter mir haben werde, werde ich wissen, wie wichtig für mich alles geworden sein wird. Eben deshalb möchte ich dich, mein Lieber, am liebsten umbringen und dann zurückfahren zu Marianne in die gewohnte Wohnung. Aber das wäre sehr töricht. Aber ich bin sehr töricht. Aber dann wäre ich praktisch verloren. Aber ich bin praktisch verloren. Aber das wollen wir doch nicht hoffen. Ich geniere mich. Du fährst wirklich gut. Also ein Unfall ist nicht zu ... zu erwarten. Ich bin froh, daß du so gut fährst. Der 13. April wird, wie auch immer ich mich darüber auslassen mag, ein Glückstag werden für mich. Etwas hört auf. Etwas fängt an. Ich sträube mich doch gar nicht. Vinzenz, ich möchte wenigstens das Benzin bezahlen. Entschuldige. Einfach, daß ich mir nicht so passiv vorkomme, verstehst du.

Tatsächlich, in den Bergen entscheidet sich alles eher. Sylvio Schmon und Pankraz und ich steigen hinter den Wolken her. Drunten das verzögerte Leben. Es ist nicht, wie wenn du einen Anzug kaufst, sagt Sylvio Schmon. Eine Partei ist kein Eis am Stengel, sagt Pankraz. Wer nur etwas für sich tun will, dem müßte man abraten, sagt Sylvio Schmon. Da riech mal, Melisse, sagt Pankraz. Einübung im Marxismus, sage ich. Sylvio Schmon lacht. Wir sind keine Erweckungsbewegung, sagt er. Aber Sylvio, ganz ohne Reli läuft das nicht, vorerst. Was? Der Materialismus, denk doch, der stammt aus frommen Zeiten, wir glauben doch alle noch was. Pankraz sagt: Salbei, im Fall dein Zahnfleisch sich entzündet. Oder einfach für den Kopfsalat, sagt Sylvio Schmon. Ach, ihr Salbeikenner, seht mich an, meinesgleichen, mehr oder weniger tote Feinheiten, so liegen wir herum in dieser gestoppten Geschichte, im Kopf entstehen uns Sauereien, Bestialitäten, vor Feinheit berstende Nichtigkeiten. Daß das von der gestoppten Geschichte kommen könnte, fällt uns nicht ein. Daß wir im Theater je über die gleiche Stelle lachen werden wie der Arbeiter neben uns, halten wir nicht mehr für möglich. Spüren wir wenigstens, daß wir Bestochene sind? Kommt daher der Schwarze Humor? Das Absurde als Repertoire! Die Ernennung der Etikette zum Inhalt! Und der Blick auf den Menschen als auf einen Aussatz! Überhaupt die ganze Aussatzfarmerei. Warum wandert denn jetzt kein Arbeiter mit uns, Sylvio? Pankraz? Wie lange werden wir zu tun haben, bis wir alles abgebaut haben, was den Leuten sekundäre Merkmale beschert, die ihnen dann weisgemacht werden als angeborener Unterschied? Nicht jeder ein Einstein, sagt der, der auch keiner ist, zu dem, der deshalb mit seiner Ausbeutung zufrieden sein soll. Ach, Mensch. Da schau, sagt Pankraz, Preiselbeeren, magst?

Nein, danke, wirklich, es geht schon ein wenig besser. Natürlich, die Habgier! diese hartnäckigste Geltungssucht und Vergegenständlichung der Todesangst oder Abwimmelung derselben oder was es ist, warum ich nicht genug kriegen kann, warum ich mich ins Fressen, Saufen flüchte, nicht in Feinheiten, in Mengen, verstehst du, in immer größere Mengen, als wollte ich mich unkenntlich machen, oder auslöschen (ich schau auch kaum noch in den Spiegel), aber das stammt eben alles aus der mir von Anfang an eingebleuten Angst. Die meiste Zeit leb ich schon auf, streng lesend, dem Datum immer dicht auf den Versen, nur manchmal streckt es mich eben wieder hin, ich versacke weich und ichsüchtig und komme nicht hoch zum Tagesproblem, zur gestellten Aufgabe, aber ich weiß und vergesse nicht mehr. Manchmal schimpf ich Marianne, weil sie an einem Tag dreimal in den gleichen Laden rennt, jedesmal hat sie noch was vergessen. Vielleicht ist das eine Art Sparsamkeit oder Scham, sie will einfach nicht soviel auf einmal kaufen. Das gehört sich nicht, denkt sie. Aber weil das ein schwer erträglicher Gedanke ist, zieht sie es vor, immer wieder etwas zu vergessen, verstehst du. So hat sie am Abend dann eben doch nicht gar alles zuhause.
So geht es mir auch. Ich muß indirekt vorgehen gegen mich. Ich muß mich hüten. Vor allem, wenn ich etwas aufschreibe. Nicht daß ich mich plötzlich aus den Augen verliere! Lieber zögere ich. Marx war eben doch

auch ein Philosoph, und deshalb darf vieles in seinen
Büchern nur auf den Kopf wirken und nicht auf die
Wirklichkeit direkt. Ich meine, man muß sich selbst
schon dazwischenschalten und nicht nur sein Organ
werden. Oder das Organ eines Organs. Aber ihm ver-
danke ich, daß mein Interesse an Verzweiflung andauernd abnimmt. Nicht unterschlagen will ich die
Offenbarungen, die uns zuteil wurden durch die USA.
Seitdem fühle ich mich verpflichtet, gesund zu werden.
Oder ist das nur der neueste Einfall meiner Krankheit?

Wenn abends die Glocken läuten, zieht es mich zusammen. Bist du noch da, Marianne? Ich gereiche
keinem zur Ehre. Marianne, brechen wir auf. Gegen
Kirchenglocken kann ich nichts machen. Urs Ulmer,
Vinzenz Vetter und Wilfried Weißflog leben in einer
revolutionären Epoche. Vinzenz spricht am schnell-
sten. Obwohl er aus Stuttgart-Vaihingen ist. Er hat
trainiert. Sein Vater war Kommunist, die Mutter
Kommunistin. Urs sagt: Uralte Kommunistenfamilie,
da ist es natürlich keine Kunst. Urs' Vater ist Organist.
Glücklicherweise habe ich keinen Konzern gegründet;
da wäre ich wohl kaum zum Lesen gekommen, also
hätte ich nicht verstanden, was Urs und Vinzenz und
Wilfried während der nächtlichen Heimfahrt von
Frankfurt besprachen. Ich würde wahrscheinlich in die
Oper gehen und mir die Hände heißklatschen. Marianne hat mich von Anfang an von der Oper fernge-
halten. Sie ist gierig nur auf Kleinigkeiten. Wahrscheinlich, sagt sie, weil sie bei Tanten aufgewachsen
ist. Sie duldet viel zu viel. Sie hat das leider gelernt.

Vinzenz sagt: Möglichst viele müssen in der sichtbar gemachten Tendenz ihr Bedürfnis wiedererkennen. Vinzenz ist schlank und ein Theoretiker, den man mögen muß. Ich finde, man muß einen auch mögen können, sonst hat es keinen Sinn. Das ist natürlich ein Irrtum. Leider.

Als wir Wilfried im Bahnhof trafen, sagte Vinzenz zu Wilfried: Du siehst ja wieder aus wie ein Boutiquensozialist. Ich verglich mich. Wilfrieds Oberlippe zittert immer ein bißchen, bevor er etwas sagen kann. Wenn er aber einmal begonnen hat, gibt es keine Schwierigkeiten mehr.

Wilfried hat zuerst Musik studiert, dann hat er Musikkritiken geschrieben, dann arbeitete er in Turin, dann hat er im Ruhrgebiet Schalmeienkapellen gegründet, jetzt schreibt er. Der Wilfried zieht sich schön langsam zurück, sagt Urs. Wilfried behauptet, er leide neuerdings darunter, daß *agitieren* transitiv sei. Er ziehe einfach den Dativ dem Akkusativ vor. Basta. Marianne führt mich an der Hand. Verfrüht, wirklich. Laß doch, Marianne. Laß mich doch, sagt sie. Na schön. Das Gefühl, daß ich ein rohes Ei bin. Oder ein Flaum. Ich bedarf dringend eines Trainings. So kann ich den Zeiten nicht entgegengehen. Pankraz, lieber Freund und Kupferstecher, sehen wir uns heute noch? Marianne und ich sind in der zweiten Hälfte dieses Jahrhunderts ziemlich winzige Wesen. Man hat uns nicht zu irgendeiner Bedeutung aufgeblasen. Das muß ich schon sagen. Man hat uns mehr verweigert als gewährt. Das wäre auch nicht weiter schlimm, wenn es erlaubt oder möglich wäre, als eine Null oder als zwei Nullen dahinzuleben. Das aber wird uns von allen Seiten als ein Zustand bezeichnet, den man für unerträglich halten soll. Ersatz, Ersatz! Nachts stellen wir uns manchmal Hand in Hand gegenüber dem Mond auf. Im freien Feld. Da wirken wir auf uns ganz ansehnlich. Wir lieben uns. Das hilft natürlich auch ein bißchen. Aber wir wollen überhaupt nicht so allein bleiben. Wir sehen darin keinen Sinn. Und ein Klüngel mit Hobby ist nicht das, was wir suchen. Zum Glück wohnt bei uns seit Wochen schon Zilli Zembrod. Das, zum Beispiel, tut uns gut. Zilli muß in den Malereien an der Universität in Mexiko vorkommen. Maisblond ist sie. Ein Hals wie gedrechselt. Etwas konisch. Ein Blond wie lackiert, ein Hals wie gedrechselt, ein Mädchen wie aus Malereien in Mexiko, gebürtig aus einem Ort wie Jerichow, in einem Staat wie die DDR, jetzt wohnhaft bei Leuten wie wir. Hoffroche, hat sie festgestellt, hat von 65 bis 69 den Valiumverkauf um 400 % gesteigert. Das sagt ihr was. Heißt eigentlich nach dir schon eine Buchhandlung in Ostberlin, Zilli? Noch nicht, sagt Zilli und lacht und sagt, nach der Zetkin heiße sogar eine Straße in Tbilissi und das sei sicher die schönste Stadt der Welt. In mir zittert, gestehe ich ihr, immer noch der Wunsch, sie Zilli Zuckschwerdt zu nennen, aber jetzt lassen wir's halt, Zilli, bei Zembrod.

Marianne reicht mir im Dunkel eine Hand herüber. Gott sei Dank sind wir nicht mehr so jung wie Zilli, sagt sie. Jetzt red bloß keinen Quatsch, sag ich, denk an die Kinder. Ja, sagt sie, ohne die könnte man sich hinlegen mit Gift. Wir nicht, Marianne, zuerst hast du mich gehalten, jetzt halt ich dich, du wirst dich noch wundern! Na bitte, sagt Marianne, irgendwie schaudernd, kleiner werdend. Wenn Zilli etwas sagt, gehen dabei ihre Schultern langsam zurück. Sie wächst also, wenn sie was sagt. Ich wünsche mir manchmal, sie wäre nackt, ich stünde hinter ihr und sähe, wie sich die Schulterblätter einander nähern, bis zwischen ihnen nur noch ein flaumiger, schattiger Cañon ist. Dann möchte ich sie von vorne und hinten gleichzeitig sehen. Sobald wir an irgendeinem Denkmal vorbeikommen, fällt mir wieder ein: heute abend kommen Pankraz, Sylvio Schmon und Rudi Rossipaul. Sie wollen mit Zilli die Strategie diskutieren. Zilli hat Fehler gemacht. Zilli ist dogmatisch. Wir müssen ihr mal die Flügel stutzen. Sie kann sich doch hier nicht aufführen wie in Feindes Land, sagt Marianne, das geht doch nicht, oder, glaubst du, hat sie Komplexe und kompensiert bloß, sag doch?! Komm, Marianne, weiter, weiter. Eigenartig genug, daß wir unsere Kraft bisher nur für uns verbraucht haben. Nur zum puren Weiterleben. Herausgekommen ist nichts. Das kann doch nicht genügen. Andererseits, sagt Marianne, sind wir schon bald 40 und haben, soviel ich weiß, keinen umgebracht. Du bist zu schnell bei der Hand mit einem Trost, mit einer Rechtfertigung, mit einer Auszeichnung, Marianne! Krön uns, bitte, nicht so. Wir müssen noch Milch holen, sagt sie, und Quark. Ich warte vor den Geschäften mit der großen Tasche, Marianne geht in die Geschäfte, kommt wieder heraus, und verstaut alles in der Tasche, die ich trage. Zum Glück habe ich mich immer schon für Ökonomie interessiert, Marianne. Weißt du noch, die Wälder brannten auf den Hügeln, Flammen schlugen in die Luft, wir haben uns was vorgenommen, weißt du noch? Ja, Marianne, auf, auf. Ja, sagt sie, ich weiß. Auf, auf, auf, sag ich. Aber ich wage es nicht, aufzustehen und das Wort zu ergreifen. Noch nicht. Inzwischen ist auch schon ein anderer am Mikrophon. Was er sagt, ist dem, was ich gern gesagt hätte, nicht unähnlich. Marianne drückt mir die Hand. Sie hat das auch bemerkt. Schön, Marianne, wenn das, was man sagen will, auch ein anderer sagen kann. Soweit wenigstens sind wir. Komm, gehen wir noch an die frische Luft, es regnet kaum noch, laß uns an den Hecken dieses bäuerlichen Kurorts entlangstreifen, die nassen Kühe anschauen, Allgäu sagen, Allgäu-Allgäu, Marianne, renn doch nicht so, du kleines Knochengerüst, siehst du nicht, daß Pankraz kommt, das sieht ja aus, als liefst du vor Pankraz davon, hörst du, Marianne, ich muß dir doch, wie weit, glaubst du, lauf ich dir nach, das glaubst du doch selber nicht, daß ich dir ewig so nachrenn, mein Gott, jetzt bleib doch bloß eine Sekunde, bleib stehen, das ist doch lächerlich, wir machen uns doch, Marianne, bitte, ich kann doch nicht ewig hinter dir her, du meinst, weil ich dir nachrenn, bist du schon im Recht, du täuschst dich, hörst du, ich kann nicht, wenn du so rennst, kann ich dir nicht auch noch beweisen, daß du nicht im Recht bist, ich sag dir nur, bleib stehen jetzt, Liebste, Marianne, ich bitte dich sehr, denk an die Kinder, sei so gut, steh! Da, schau, Pankraz holt uns sowieso ein.

Pankraz lacht schon von weitem. Steigt ein, sagt er, dieses Auto hat 350 Mark gekostet. Das Auto sieht aus, als wäre es schon vor längerer Zeit in einen Sternenhagel geraten. Richtige Löcher hat es, vom Rost rot gerandete. Jetzt steigt schon ein, ihr zwei Figuren, sagt Pankraz. Obwohl wir lieber zu Fuß gegangen wären, klettern wir in das Kalvarien-Auto. Wo fährst du uns hin, Pankraz? Pankraz lacht. Das sieht ihm gleich.

Inhalt

DATE DUE

SEP 2 7 '73			
OCT 2 3 1990			